FSC
www.fsc.org
MIX
Papier aus verantwortungsvollen Quellen
FSC® C020056

ISBN 978-3-649-63815-5

Hafenweg 30, 48155 Münster, Germany
Illustrationen: © 2021 Marjolein Bastin
Textsatz und grafische Gestaltung: Stefanie Bartsch
Textsammlung: Kreativlektorat Daniela Vogel, Finnentrop
Redaktion: Christina Bloem

www.coppenrath.de

Marjolein Bastin

Nimm dir Zeit, genieße den Tag

Die schönsten Geschichten zum Entspannen

Inhalt

An das Meer

Du zeigst die ew'ge Schöpferkraft,
die rastlos aus sich selber schafft,
stets neue Lebenswellen treibt
und immer doch die alte bleibt.

Wer deines Herzens Wogenschlag
und Melodie ergründen mag,
dem raunst du das Geheimnis zu,
stets jung und alt zu sein wie du!

Friedrich von Bodenstedt

MB

Ursula März

Ein Mädchen geht baden

Ich war sechzehn, als ich zum ersten Mal das Meer sah. Also ziemlich spät für heutige Verhältnisse. Manchmal schummle ich — unwillkürlich und unbewusst — und behaupte, ich sei vierzehn gewesen. Aber das stimmt nicht. Ich war sechzehn, kein Jahr jünger, als ich an eine Küste gelangte und mit eigenen Augen das Ungeheuerliche sah: das Meer. Eine wild bewegte, lärmende, eisengraue Wasserfläche, die vor meinem Blick kein Ende nahm. Ich habe dieses Initiationserlebnis nicht gut vertragen. Wahrscheinlich befindet man sich mit sechzehn ganz einfach auf dem Höhepunkt seelischer Erschütterbarkeit, und der Erstanblick des Meeres erwischte mich in einem heiklen Moment.

Zunächst möchte ich aber etwas klarstellen: Ich war mit sechzehn keine Mimose, die so wenig mit der Welt in Berührung kommt, dass alles Neue, Unbekannte, Bedrohliche sie gleich umhaut. Ich hatte Erfahrung mit Haschisch und der grausamen Mixtur Fanta-Gin, ich war Mitglied des Schülerkaders der KPD/ML gewesen und wegen der Lektüre der Romane Franz Kafkas aus dem Kader geworfen worden, ich trampte heimlich, weil die Eltern es verboten, durch die Gegend, ich jobbte noch heimlicher als Reinigungskraft in einer Diskothek für stationierte US-Soldaten, und ich besuchte ein anspruchsvolles humanistisches Gymnasium, auf dem ich mich als Nichtakademikerkind keineswegs benachteiligt fühlte.

Es war nur so, dass ich erstens in einer mittelfränkischen Kleinstadt aufwuchs, weit von jedweder Meeresküste entfernt, und zweitens mit Eltern, die, wenn sie überhaupt verreisten, nach Österreich fuhren, nie in ein geografisch ferneres, kulturell und kulinarisch exotischeres Land. Schüleraustausch und Ähnliches gab es in meiner Jugend nicht. Und so hatte es sich ergeben, dass ich sechzehn Jahre alt geworden war, ohne das Meer gesehen zu haben. Viele in meiner Klasse verbrachten die Sommerferien am Mittelmeer oder an der Nordsee, und bestimmt hatten die Eltern einer Klassenkameradin nur die allerbesten Absichten, als sie mich einluden, sie in den kommenden Ferien auf die holländische Nordseeinsel Vlieland zu begleiten. Sie fuhren dort jeden Sommer hin. Seit Jahrzehnten. Vlieland war für diese Familie eine Art Zweitheimat, ein Ort, mit dem sie auf Du und Du standen, über den sie so selbstverständlich sprachen wie andere über ihren Vorgarten.

Bis heute hadere ich damit, dass mich diese Selbstverständlichkeit vom ersten Tag der Reise an einschüchterte. Etwas stimmte nicht. Etwas war schräg an diesem »Das Mädchen soll doch auch mal das Meer sehen«-Projekt. Ich empfand, obwohl ich der Familie damit wahrscheinlich unrecht tat, eine Gönnerhaftigkeit in ihrem Verhalten, die meine vorangegangenen Sommerferien beleidigte. Als zähle der Spaß, ganze Wochen im heimischen Freibad zu verbringen, überhaupt nicht mehr, sobald man mit dem Nachtzug im Schlafwagen erster Klasse von Mittelfranken an die Nordsee transportiert wird. Ein Luxus, der doch zuerst meinen Eltern zugestanden hätte, nicht mir. Auch diese Empfindung trug sicherlich zu meinem verkrampften, irgendwie verdrehten Gemütszustand bei, aus dem ich nicht mehr herausfand. Wir kamen morgens am Bahnhof der holländischen Küstenstadt Harlingen an und fuhren mit dem Taxi zum Hafen. Vlieland ist eine der fünf bewohnten westfriesischen Inseln, liegt zwischen Texel und Terschelling und wird auch deshalb vom Tourismus nicht überlaufen, weil es autoluw, autofrei, ist. Nur die rund tausend Inselbewohner dürfen ein Auto benutzen, und auch das nur mit einer Extragenehmigung.

Ich muss, als wir auf die Fähre stiegen und nach Vlieland übersetzten, schon ziemlich daneben gewesen sein. Denn in meiner Erinnerung an die zweistündige Fahrt, die ja auf dem Meer stattfand, kommt dieses überhaupt nicht vor. Man hätte mich genauso gut zwei Stunden lang über Beton schaukeln können. Ich machte, als wir auf Vlieland ankamen, alles, was zu machen war, stellte meinen Koffer auf die Ladefläche eines Kleintransporters, äußerte mich begeistert über die reetgedeckten Häuser und das romantische Inseldorf, nahm ein Fahrrad in Empfang, radelte mit den anderen zur Ferienhaussiedlung, äußerte mich wiederum begeistert über das sagenhaft große Haus, seinen Kamin, seine Terrasse, trug meinen Koffer in ein Zimmer und machte mich ans Auspacken. Aber ich tat das alles wie im Nebel. Als läse ich die Reihenfolge meiner Handlungen von einem Spickzettel ab.

Die nächste Handlung hieß: Wir gehen an den Strand! Jetzt also, jetzt kam die große Premiere, die vor allem mir bereitet werden sollte. Ich marschierte einen Dünenweg zwischen Schilffeldern entlang, das Meer war noch nicht zu sehen, nur zu hören. Ein schweres, gewittriges Grollen, das mich zu warnen schien. Ich stapfte die letzte hohe Düne vor dem Strand hinauf, und plötzlich, von einer Sekunde zur anderen, riss mit voller Wucht das Bild auf. Wer Vlieland liebt, liebt vor allem die zur offenen See gelegene Nordwestseite mit ihrem zwanzig Kilometer langen Sandstrand. Sie hat nichts Liebliches, sie hat etwas Gewaltiges. Sie ist der ganz große Panoramaauftritt elementarer Natur. Gigantische Wolkenberge, gigantische Wellen, schaurig schattierte, apokalyptisch düstere Farben.

So zumindest nahm ich es damals im Alter von sechzehn Jahren wahr.

Ich erlitt einen psychischen Schock. Anders kann ich es nicht nennen. Mir wurde schwarz vor Augen, mein Kreislauf kollabierte, mein Hirn spielte verrückt, ich wusste nicht, ob ich auf dem Erdball stehe oder kopfüber von ihm runterhänge. Ich wurde ins Haus zurückgeschleppt und ins Bett gelegt. Eine Stunde später hatte ich fast vierzig Grad Fieber. Am nächsten Tag diverse, Ohren, Hals und Nebenhöhlen befallende Infekte.

Ein Arzt erschien. Es wurde nicht ausgesprochen, aber es kam mir so vor, als hätten sich alle um mich herum auf die Diagnose »multisymptomatische Krise durch Erblicken des Meeres« geeinigt. Es kam mir auch so vor, als sorge mein Fall für eine gewisse Belustigung, als müsse sich die Familie Mühe geben, halbwegs ernst zu bleiben, um mich nicht noch mehr zu beschämen. Von drei Urlaubswochen verbrachte ich zwei im Krankenstand. Ich lag mit einem Wollschal um den Hals im Bett, das Fieberthermometer in Reichweite, und verfolgte die Ferienaktivitäten meiner Schulkameradin, ihrer Eltern und Geschwister als Hörspiel. Am Vormittag hörte ich sie zum Strand rennen, am Spätnachmittag hörte ich das Abtropfen der Badeanzüge, die vor meinem Fenster auf der Wäscheleine hingen.

Ich habe in diesen zwei Wochen kein einziges Mal geweint. Ich war viel zu wütend, um zu weinen. In mir baute sich ein maßloser Zorn und, ich muss es leider sagen: ein böser, klassenkämpferischer Hass auf. In mir tobte eine Rachegöttin: Das werden wir doch noch sehen, ihr elenden bourgeoisen Großmäuler mit euren miesen Griechisch- und Lateinnoten, wer dieses Inselchen für sich beanspruchen kann, als sei hier alles Privatbesitz! Bis heute bin ich dankbar, dass dieser Furor mich am Ende der zwei Wochen verließ — und zwar für immer. Bestimmt hatte es auch damit zu tun, dass das Fieber sank und mein Körper abkühlte. Aber bis heute spüre ich die wundervolle Befreiung, den kathartischen Moment, in dem die Geister des Zorns und der verzweifelten Bitterkeit entschwanden und eine große Ruhe ihren Platz einnahm. Ich wurde wieder ich: ein sechzehnjähriges Mädchen, das sich traut, im Freibad vom Zehnmeterbrett zu springen, das ein wertvolles Abitur und alle Zeit der Welt vor sich hat. Nein, unser erstes Rendezvous war nicht gut gelaufen, aber ich wusste: Das Meer und ich, wir hatten eine zweite Chance. Und waren Geschichten, die mit Hindernissen begannen, am Ende nicht immer die intensivsten?

Im Jahr darauf durfte ich zum ersten Mal allein verreisen. Ich fuhr mit Freunden nach Vlieland. Wir kampierten auf dem Zeltplatz, lagen bis zum Morgengrauen in den Dünenmulden unterhalb des Leuchtturms und machten Musik, lernten Gleichaltrige aus Amsterdam, das Vogelschutzgebiet am westlichen Zipfel der Insel, das inmitten einer leeren Dünenlandschaft gelegene Restaurant Het Posthuys, den Billardtisch im Dorfhotel Vlieland Huis, den Dorfbäcker, die Dorfdiskothek, das Gericht Strammer Max und die kleinen Teppiche kennen, die in Holland als Tischdecken benutzt werden. Ich würde sagen, dass ich im Lauf der Jahre und Jahrzehnte alles an Vlieland kennenlernte. Denn ich war insgesamt zweiundzwanzig Mal dort, auf dieser Insel, die ich mir anmaße, meine persönliche Lebensinsel zu nennen. Vorsichtig geschätzt, bin ich etwa hundert Mal von der Düne, an der ich mit sechzehn mein Meertrauma erlebte, ins Wasser gerannt und weit hinausgeschwommen.

In den Sommerferien vor dem Abitur arbeitete ich als Zimmermädchen im einzigen Strandhotel von Vlieland. Ein schlecht bezahlter, aber leichter Job. Die Hotelleitung legte keinen gesteigerten Wert auf penibles Zimmerputzen. Hauptsache, die Bettdecken waren einigermaßen glatt gezogen und Toilettenpapier war vorhanden. Dass dieser Service nicht ganz dem Zimmerpreis entsprach, fiel mir auf, als ich später selbst Gast im Strandhotel war. Ich wohnte im achten Stock, saß stundenlang auf dem Balkon und betrachtete von meinem Logenplatz aus das Schauspiel von Meer, Wolken, Horizont. Niemand würde bestreiten, dass dieses Schauspiel objektiv großartig ist. Aber für mich war und ist es subjektiv noch ein wenig großartiger, weil ich darin eine Schlüsselepisode meiner Geschichte erkenne.

Dass ich vor achtzehn Jahren auf Vlieland den Vater meiner Tochter kennenlernte, halte ich für das angemessene, ja zwangsläufige Happy End dieser Geschichte. Wir saßen am Spätnachmittag auf der Terrasse einer Strandbude, tauschten ein paar Urlaubsfloskeln aus, bestellten ein Bier und begannen, Schach zu spielen. Irgendwann merkten wir, dass das Spiel sich öde hinzog, weil wir beide versuchten, den anderen gewinnen zu lassen, und dem Kennenlernen zuliebe unsere Springer, Türme und Damen opferten.

In meinem Kopf hat sich unterdessen die Idee festgesetzt, dass vom geglückten Kontakt mit dem Meer alles Weitere abhängt. Mit meiner Tochter fuhr ich schon in ihrem ersten Lebensjahr an die Ostsee, legte sie am Strand in die ausplätschernden Wellen, wartete, bis sie fidel mitplätscherte, nahm sie auf den Arm und ging immer weiter mit ihr ins Wasser. In ihrem dritten Lebensjahr klemmte ich sie mir vor den Bauch, und wir tauchten als Doppelpaket unter einer riesigen Atlantikwelle hindurch. Sie schrie vor Spaß, als wir auf dem Kamm der Welle zum Strand zurückgespült wurden. Das Meer war für sie eine Art Kirmesvergnügen, ohne jeden Schrecken. Nie, das wusste ich jetzt, würde sie meine Blamage, mein Meertrauma erleben müssen. Ich hatte eine zentrale Erziehungsaufgabe erledigt.

Mein Vater war schon sehr alt, als er das Meer sah. Wir flogen auf die kanarische Insel La Palma und gingen es vorsichtig an. Er war ein vorzüglicher Schwimmer, aber eben ein Freibadschwimmer. Nach ein paar Tagen, in denen wir nur am Strand herumgelegen hatten, stand er plötzlich auf und ging ins Meer. Er schwamm ziemlich weit hinaus. Als er umkehrte, streckte er die Arme in die Höhe und winkte mir zu. Ich sollte ihn fotografieren. Das habe ich auch gemacht. Leider gibt das Foto einen vollkommen falschen Eindruck wieder. Man sieht das Meer und irgendwo darin ganz klein einen Menschen, der um Hilfe zu rufen scheint, also unterzugehen droht. Es sieht nicht so aus, als wäre mein Vater in diesem Moment glücklich gewesen. Aber ich weiß, dass er es war.

MB

Muscheln, Muscheln

Muscheln, Muscheln, blank und bunt,
findet man als Kind.
Muscheln, Muscheln, schlank und rund,
darin rauscht der Wind.
Darin singt das große Meer –
in Museen sieht man sie glimmen,
auch in alten Hafenkneipen
und in Kinderzimmern.
Muscheln, Muscheln, rund und schlank,
horch, was singt der Wind:
Muscheln, Muscheln, bunt und blank,
fand man einst als Kind!

WOLFGANG BORCHERT

Thomas Mann

Buddenbrooks

Sommerferien an der See! Begriff wohl irgendjemand weit und breit, was für ein Glück das bedeutete? Nach dem schwerflüssigen und sorgenvollen Einerlei unzähliger Schultage vier Wochen lang eine friedliche und kummerlose Abgeschiedenheit, erfüllt von Tanggeruch und dem Rauschen der sanften Bandung ... Vier Wochen, eine Zeit, die an ihrem Beginne nicht zu übersehen und ermessen war, an deren Ende zu glauben unmöglich und von deren Ende zu sprechen eine lästerliche Roheit war. Niemals verstand es der kleine Johann, wie dieser oder jener Lehrer es über sich gewann, am Schlusse des Unterrichtes Redewendungen laut werden zu lassen, wie etwa: »Hier werden wir nach den Ferien fortfahren und zu dem und dem übergehen ...« Nach den Ferien! Er schien sich noch darauf zu freuen, dieser unbegreifliche Mann im blanken Kammgarnrock! Nach den Ferien! War das überhaupt ein Gedanke? So wundervoll weit in graue Ferne entrückt war alles, was jenseits dieser vier Wochen lag!

In einem der beiden Schweizer Häuser, welche, durch einen schmalen Mittelbau verbunden, mit der »Conditorei« und dem Hauptgebäude des Kurhauses eine gerade Linie bildeten: Welch ein Erwachen, am ersten Morgen, nachdem tags zuvor das Vorzeigen des Zeugnisses wohl oder übel überstanden und die Fahrt in der bepackten Droschke zurückgelegt war! Ein unbestimmtes Glücksgefühl, das in seinem Körper emporstieg und sein Herz sich zusammenziehen ließ, schreckte ihn auf ... er öffnete die Augen und umfasste mit einem gierigen und seligen Blick die altfränkischen Möbel des reinlichen kleinen Zimmers ... Eine Sekunde schlaftrunkener, wonniger Verwirrung – und dann begriff er, daß er in Travemünde war, für vier unermeßliche Wochen in Travemünde! Er regte sich nicht; er lag still auf dem Rücken in dem schmalen gelbhölzernen Bette, dessen Linnen vor Alter außerordentlich dünn und weich waren, schloß hie und da aufs neue seine Augen und fühlte, wie seine Brust in tiefen, langsamen Atemzügen vor Glück und Unruhe erzitterte.

Das Zimmer lag in dem gelblichen Tageslicht, das schon durch das gestreifte Rouleau hereinfiel, während doch ringsum noch alles still war und Ida Jungmann sowohl wie Mama noch schliefen. Nichts war zu vernehmen als das gleichmäßige und friedliche Geräusch, mit dem drunten der Hausknecht den Kies des Kurgartens harkte, und das Summen einer Fliege, die zwischen Rouleau und Fenster beharrlich gegen die Scheibe stürmte und deren Schatten man auf der gestreiften Leinwand in langen Zickzack-Linien umherschießen sah ... Stille! Das einsame Geräusch der Harke und monotones Summen! Und dieser sanft belebte Friede erfüllte den kleinen Johann alsbald mit der köstlichen Empfindung jener ruhigen, wohlgepflegten und distinguierten Abgeschiedenheit des Bades, die er so über alles liebte. Nein, Gott sei gepriesen, hierher kam keiner der blanken Kammgarnröcke, die auf Erden Regeldetrie und Grammatik vertraten, hierher nicht, denn es war ziemlich kostspielig hier draußen ...

Ein Anfall von Freude machte, daß er aus dem Bette sprang und auf nackten Füßen zum Fenster lief. Er zog das Rouleau empor, öffnete den einen Flügel, indem er den weißlackierten Haken löste, und blickte der Fliege nach, die über die Kieswege und Rosenbeete des Kurgartens hin davonflog.

Der Musiktempel, im Halbkreise von Buchsbaum umwachsen, stand noch leer und still den Hôtel-Gebäuden gegenüber. Das »Leuchtenfeld«, das seinen Namen nach dem Leuchtturm trug, der irgendwo zur Rechten aufragte, dehnte sich unter dem weißlich bezogenen Himmel aus, bis sein kurzes, von kahlen Erdflecken unterbrochenes Gras in hohe und harte Strandgewächse und dann in Sand überging, dort, wo man die Reihen der kleinen, hölzernen Privatpavillons und der Sitzkörbe unterschied, die auf die See hinausblickten. Sie lag da, die See, in Frieden und Morgenlicht, in flaschengrünen und blauen, glatten und gekrausten Streifen, und ein Dampfer kam zwischen den rotgemalten Tonnen, die ihm den Kurs bezeichneten, von Kopenhagen daher, ohne daß man zu wissen brauchte, ob er »Najaden« oder »Friederike Oeverdieck« hieß. Und Hanno Buddenbrook zog wieder tief und mit stiller Seligkeit den würzigen Atem ein, den die See zu ihm herübersandte, und grüßte sie zärtlich mit den Augen, mit einem stummen, dankbaren und liebevollen Gruße.

Und dann begann der Tag, der erste dieser armseligen achtundzwanzig Tage, die anfangs wie eine ewige Seligkeit erschienen und, waren die ersten vorüber, so verzweifelt schnell zerrannen ... Es wurde auf dem Balkon oder unter dem großen Kastanienbaum gefrühstückt, der drunten vor dem Kinderspielplatze stand, dort, wo die große Schaukel hing — und alles, der Geruch, den das eilig gewaschene Tischtuch ausströmte, wenn der Kellner es ausbreitete, die Servietten aus Seidenpapier, das fremdartige Brot, der Umstand, daß man die Eier nicht wie zu Hause mit knöchernen, sondern mit gewöhnlichen Teelöffeln und aus metallenen Bechern aß —, alles entzückte den kleinen Johann.

Und was folgte, war alles frei und leicht geordnet, ein wunderbar müßiges und pflegesames Wohlleben, das ungestört und kammerlos verging: Der Vormittag am Strande, während droben die Kurkapelle ihr Morgenprogramm erledigte, dieses Liegen und Ruhen zu Füßen des Sitzkorbes, dieses zärtliche und träumerische Spielen mit dem weichen Sande, der nicht beschmutzt, dieses mühe- und schmerzlose Schweifen und Sichverlieren der Augen über die grüne und blaue Unendlichkeit hin, von welcher, frei und ohne Hindernis, mit sanftem Sausen ein starker, frisch, wild und herrlich duftender Hauch daherkam, der die Ohren umhüllte und einen angenehmen Schwindel hervorrief, eine gedämpfte Betäubung, in der das Bewußtsein von Zeit und Raum und allem Begrenzten still selig unterging ... Das Baden dann, das hier eine erfreulichere Sache war als in Herrn Asmussens Anstalt, denn es gab hier kein »Gänsefutter«, das hellgrüne, kristallklare Wasser schäumte weithin, wenn man es aufrührte, statt eines schleimigen Bretterbodens schmeichelte der weich gewellte Sandboden den Sohlen, und Konsul Hagenströms Söhne waren weit, sehr weit, in Norwegen oder Tirol. Der Konsul liebte es, im Sommer eine ausgedehntere Erholungsreise zu unternehmen — und warum also nicht, nicht wahr ... Ein Spaziergang, zur Erwärmung, den Strand entlang, bis zum »Möwenstein« oder zum »Seetempel«, ein Imbiß, am Sitzkorbe eingenommen — und die Stunde näherte sich, da man hinauf in die Zimmer ging, um vor der Toilette zur Table d'hôte eine kleine Stunde zu ruhen. Die Table d'hôte war lustig, das Bad stand in Flor, viele Leute, Familien, die den Buddenbrooks befreundet waren, sowohl wie Hamburger und sogar englische und russische Herrschaften füllten den großen Saal des Kurhauses, an einem feierlichen Tischchen kredenzte ein schwarzgekleideter

Herr die Suppe aus einer silberblanken Terrine, es gab vier Gänge, die schmackhafter, würziger und jedenfalls auf irgendeine festlichere Weise zubereitet waren als zu Hause, und an vielen Stellen der langen Tafeln ward Champagner getrunken. Oftmals kamen einzelne Herren aus der Stadt, die sich von ihren Geschäften nicht während der ganzen Woche fesseln ließen, die sich amüsieren und nach dem Essen die Roulette ein wenig in Bewegung setzen wollten: Konsul Peter Döhlmann, der seine Tochter zu Hause gelassen hatte und mit schallender Stimme auf plattdeutsch so ungenierte Geschichten erzählte, daß die Hamburger Damen vor Lachen husteten und um einen Augenblick Pause baten; Senator Doktor Cremer, der alte Polizeichef; Onkel Christian und sein Schulfreund, Senator Gieseke, der ebenfalls ohne Familie war und alles für Christian Buddenbrook bezahlte ... Später, wenn die Erwachsenen zu den Klängen der Musik unter dem Zeltdache der Konditorei den Kaffee tranken, saß Hanno auf einem Stuhle unermüdlich vor den Stufen des Tempels und lauschte ... Es war gesorgt für den Nachmittag. Es gab eine Schießbude im Kurgarten, und zur Rechten der Schweizer Häuser standen die Stallgebäude mit Pferden, Eseln und den Kühen, deren Milch man warm, schaumig und duftend zur Vesperstunde trank. Man konnte einen Spaziergang machen, in das Städtchen, die »Vorderreihe« entlang; man konnte von dort aus mit einem Boote zum »Priwal« übersetzen, an dessen Strande es Bernstein zu finden gab, konnte sich auf dem Kinderspielplatze an einer Krocket-Partie beteiligen oder sich auf einer Bank des bewaldeten Hügels, der hinter den Hotels gelegen war und auf dem die große Table d'hôte-Glocke hing, von Ida Jungmann vorlesen lassen ... Und doch war das Klügste stets, zur See zurückzukehren und noch im Zwielicht, das Gesicht dem offenen Horizonte zugewandt, auf der Spitze des Bollwerks zu sitzen, den großen Schiffen, die vorüberglitten, mit dem Taschentuch zuzuwinken und zu horchen, wie die kleinen Wellen mit leisem Plaudern wider die Steinblöcke klatschten und die ganze Weite ringsum von diesem gelinden und großartigen Sausen erfüllt war, das dem kleinen Johann gütevoll zusprach und ihn beredete, in ungeheurer Zufriedenheit seine Augen zu schließen. Dann aber sagte Ida Jungmann: »Komm, Hannochen; müssen gehen; Abendbrotzeit; wirst dir den Tod holen, wenn du hier wirst schlafen wollen ...« Welch ein beruhigtes, befriedigtes und in wohltätiger Ordnung arbeitendes Herz er immer mitnahm vom Meere! Und wenn er sein Abendbrot mit Milch oder stark gemalztem Braunbier im Zimmer gegessen hatte, während seine Mutter später in der Glasveranda des Kurhauses in größerer Gesellschaft speiste, so senkte sich, kaum daß er wieder zwischen dem altersdünnen Linnen seines Bettes lag, zu den sanften und vollen Schlägen eben dieses befriedigten Herzens und den gedämpften Rhythmen des Abendkonzertes ganz ohne Schrecken und Fieber der Schlaf über ihn ...

Am Sonntag erschien, gleich einigen anderen Herren, die während der Woche von ihren Geschäften in der Stadt zurückgehalten wurden, der Senator bei den Seinen und blieb bis zum Montagmorgen. Aber obgleich dann Eis und Champagner an der Table d'hôte serviert ward, obgleich Eselritte und Segelpartien in die offene See hinaus veranstaltet wurden, liebte der kleine Johann diese Sonntage nicht sehr. Die Ruhe und Abgeschlossenheit des Bades war gestört. Eine Menge von Leuten aus der Stadt, die gar nicht hierhergehörten, »Eintagsfliegen aus dem guten Mittelstande«, wie Ida Jungmann sie mit wohlwollender Geringschätzung nannte, bevölkerte am Nachmittage Kurgarten und Strand, um Kaffee zu trinken, Musik zu hören, zu baden, und Hanno hätte am liebsten im geschlossenen Zimmer den Abfluß dieser festlich geputzten Störenfriede erwartet ... Nein, er war froh, wenn am Montag alles wieder ins alltägliche Geleise kam, wenn auch die Augen seines Vaters, diese Augen, denen er sechs Tage lang fern gewesen war und die, er hatte es wohl gefühlt, während des ganzen Sonntages wieder kritisch und forschend auf ihm geruht hatten, nicht mehr da waren ...

Und vierzehn Tage waren vorbei, und Hanno sagte sich und beteuerte es jedem, der es hören wollte, daß jetzt noch eine Zeit komme, so lang wie die Michaelisferien. Allein das war ein trügerischer Trost, denn war die Höhe der Ferien erreicht, so ging es abwärts und gegen Ende, schnell, so fürchterlich schnell, daß er sich an jede Stunde hätte klammern mögen, um sie nicht vorüberzulassen, und jeden Seeluft-Atemzug verlangsamen, um das Glück nicht achtlos zu vergeuden.

Aber die Zeit verging unaufhaltsam im Wechsel von Regen und Sonnenschein, See- und Landwind, stiller, brütender Wärme und lärmenden Gewittern, die nicht über das Wasser konnten und kein Ende nehmen zu wollen schienen. Es gab Tage, an denen der Nordost-Wind die Bucht mit schwarzgrüner Flut überfüllte, welche den Strand mit Tang, Muscheln und Quallen bedeckte und die Pavillons bedrohte. Dann war die trübe, zerwühlte See weit und breit mit Schaum bedeckt. Große, starke Wogen wälzten sich mit einer unerbittlichen und furchteinflößenden Ruhe heran, neigten sich majestätisch, indem sie eine dunkelgrüne, metallblanke Rundung bildeten, und stürzten tosend, krachend, zischend, donnernd über den Sand ... Es gab andere Tage, an denen der Westwind die See zurücktrieb, daß der zierlich gewellte Grund weit hinaus freilag und überall nackte Sandbänke sichtbar waren, während der Regen in Strömen herniederging, Himmel, Erde und Wasser ineinander verschwammen und der Stoßwind in den Regen fuhr und ihn gegen die Fensterscheiben trieb, daß nicht Tropfen, sondern Bäche daran hinunterflossen und sie undurchsichtig machten. Dann hielt Hanno sich meistens im Kursaale auf, am Pianino, das zwar bei den Réunions von Walzern und Schottischen ein wenig zerhämmert war und auf dem sich nicht so wohllautend phantasieren ließ wie zu Haus auf dem Flügel, aber mit dessen gedeckter und glucksender Klangart doch recht unterhaltende Wirkungen zu erzielen waren … Und wieder kamen andere Tage, träumerische, blaue, ganz windstille und brütend warme, an denen die blauen Fliegen summend in der Sonne über dem »Leuchtenfeld« standen und die See stumm und spiegelnd, ohne Hauch und Regung lag. Und waren noch drei Tage übrig, so sagte sich Hanno und machte es jedem klar, daß jetzt noch eine Zeit komme, so lang wie die ganzen Pfingstferien. Aber so unanfechtbar diese Rechnung war, glaubte er doch selbst daran, und seines Herzens hatte sich längst die Erkenntnis bemächtigt, daß der Mann im blanken Kammgarnrock dennoch recht gehabt, daß die vier Wochen dennoch ein Ende nahmen, und daß man nun dennoch da fortfahren, wo man aufgehört, und zu dem und dem übergehen werde …

Die bepackte Droschke hielt vorm Kurhause, der Tag war da. Hanno hatte frühmorgens der See und dem Strande sein Adieu gesagt; er sagte es nun den Kellnern, die ihre Trinkgelder entgegennahmen, dem Musiktempel, den Rosenbeeten und dieser ganzen Sommerszeit. Und dann, unter den Verbeugungen des Hôtel-Personals, setzte sich der Wagen in Bewegung.

Er passierte die Allee, die zum Städtchen führte, und fuhr die »Vorderreihe« entlang ... Hanno drückte den Kopf in die Wagenecke und sah, an Ida Jungmann vorbei, die frischäugig, weißhaarig und knochig ihm gegenüber auf dem Rückplatze saß, zum Fenster hinaus. Der Morgenhimmel war weißlich bedeckt, und die Trave warf kleine Wellen, die schnell vor dem Winde dahereilten. Dann und wann prickelten Regentropfen gegen die Scheiben. Am Ausgange der »Vorderreihe« saßen Leute vor ihren Haustüren und flickten Netze; barfüßige Kinder kamen herbeigelaufen und betrachteten neugierig den Wagen. Die blieben hier ...

Als der Wagen die letzten Häuser zurückließ, beugte Hanno sich vor, um noch einmal den Leuchtturm zu sehen; dann lehnte er sich zurück und schloß die Augen. »Nächst's Jahr wieder, Hannochen«, sagte Ida Jungmann mit tiefer, tröstender Stimme; aber dieser Zuspruch hatte nur gefehlt, um sein Kinn in zitternde Bewegung zu setzen und die Tränen unter seinen langen Wimpern hervorquellen zu lassen.

Sein Gesicht und seine Hände waren von der Seeluft gebräunt; aber wenn man mit diesem Badeaufenthalt den Zweck verfolgt hatte, ihn härter, energischer, frischer und widerstandsfähiger zu machen, so war man jämmerlich fehlgegangen; von dieser hoffnungslosen Wahrheit war er ganz erfüllt. Sein Herz war durch diese vier Wochen voll Meeresandacht und eingehegtem Frieden nur noch viel weicher, verwöhnter, träumerischer, empfindlicher geworden und nur noch viel unfähiger, bei dem Ausblick auf Herrn Tiedges Regeldetrie tapfer zu bleiben und bei dem Gedanken an das Auswendiglernen der Geschichtszahlen und grammatischen Regeln, an das verzweifelt leichtsinnige Wegwerfen der Bücher und den tiefen Schlaf, um allem zu entgehen, an die

Angst am Morgen und vor den Stunden, die Katastrophen, die feindlichen Hagenströms und die Anforderungen, die sein Vater an ihn stellte, nicht vollständig zu verzagen.

Dann aber ermunterte die morgendliche Fahrt ihn ein wenig, die, zwischen dem Gezwitscher der Vögel, durch die wassererfüllten Geleise der Landstraße dahinging. Er dachte an Kai und das Wiedersehen mit ihm, an Herrn Pfühl, die Klavierstunden, den Flügel und sein Harmonium. Übrigens war morgen Sonntag, und der erste Schultag, übermorgen, war noch gefahrlos. Ach, er fühlte noch ein wenig Sand vom Strande in seinen Knöpfstiefeln ... er wollte den alten Grobleben bitten, ihn immer darin zu lassen ... Mochte es nur alles wieder beginnen, das mit den Kammgarnröcken und das mit Hagenströms und das andere. Er hatte, was er hatte. Er wollte sich der See und des Kurgartens erinnern, wenn alles wieder auf ihn einstürmte, und ein ganz kurzer Gedanke an das Geräusch, mit dem abends in der Stille die kleinen Wellen, weither, aus der in geheimnisvollem Schlummer liegenden Ferne kommend, gegen das Bollwerk geplanscht hatten, sollte ihn so getrost, so unberührbar gegen alle Widrigkeiten machen ...

Dann kam die Fähre, es kam die Israelsdorfer Allee, der Jerusalemsberg, das Burgfeld, der Wagen erreichte das Burgtor, neben dem zur Rechten die Mauern des Gefängnisses aufragten, wo Onkel Weinschenk saß, er rollte die Burgstraße entlang und über den Koberg, ließ die Breite Straße zurück und fuhr bremsend die stark abfallende Fischergrube hinunter ... Da war die rote Fassade mit dem Erker und den weißen Karyatiden, und als sie von der mittagwarmen Straße in die Kühle des steinernen Flures traten, kam der Senator, die Feder in der Hand, aus dem Comptoir heraus, um sie zu begrüßen ...

Und langsam, langsam, mit heimlichen Tränen, lernte der kleine Johann wieder, die See zu missen, sich zu ängstigen und ungeheuerlich zu langweilen, stets der Hagenströms gewärtig zu sein und sich mit Kai, Herrn Pfühl und der Musik zu trösten.

Die Damen Buddenbrook aus der Breiten Straße und Tante Klothhilde richteten, sobald sie seiner ansichtig wurden, die Frage an ihn, wie nach den Ferien die Schule schmecke — mit einem neckischen Blinzeln, das ein überlegenes Verständnis für seine Lage vorgab, und jenem sonderbaren Erwachsenen-Hochmut, der alles, was Kinder angeht, möglichst spaßhaft und oberflächlich behandelt; und Hanno hielt diesen Fragen stand.

Drei oder vier Tage nach der Rückkehr in die Stadt erschien der Hausarzt Doktor Langhals in der Fischergrube, um die Wirkungen des Bades festzustellen. Nachdem er eine längere Konferenz mit der Senatorin gehabt, ward Hanno vorgeführt, um sich, halb entkleidet, einer eingehenden Prüfung zu unterziehen — seines status praesens, wie Doktor Langhals sagte, indem er seine Fingernägel besah. Er untersuchte Hannos spärliche Muskulatur, die Breite seiner Brust und die Funktion seines Herzens, ließ sich über alle seine Lebensäußerungen Bericht erstatten, nahm schließlich vermittelst einer Nadelspritze einen Blutstropfen aus Hannos schmalem Arm, um zu Hause eine Analyse vorzunehmen, und schien im allgemeinen wieder nicht recht befriedigt.

»Wir sind ziemlich braun geworden«, sagte er, indem er Hanno, der vor ihm stand, umarmte, die kleine, schwarzbehaarte Hand auf seiner Schulter gruppierte und zur Senatorin und Fräulein Jungmann emporsah, »aber ein allzu betrübtes Gesicht machen wir immer noch.«

»Er hat Heimweh nach der See«, bemerkte Gerda Buddenbrook.

»So, so ... also dort bist du so gern?«, fragte Doktor Langhals, indem er dem kleinen Johann mit seinen eitlen Augen ins Gesicht blickte ... Hanno verfärbte sich. Was bedeutete diese Frage, auf die Doktor Langhals ersichtlich eine Antwort erwartete? Eine wahnwitzige und phantastische Hoffnung, möglich gemacht durch die schwärmerische Überzeugung, daß allen Kammgarnmännern der Welt zum Trotz vor Gott nichts unmöglich sei, stieg in ihm auf.

»Ja ...«, brachte er hervor, seine erweiterten Augen starr auf den Doktor gerichtet. Aber Doktor Langhals hatte gar nichts Besonderes bei seiner Frage im Sinne gehabt.

»Nun, der Effekt der Bäder und der guten Luft wird schon noch nachkommen ... schon noch nachkommen!«, sagte er, indem er dem kleinen Johann auf die Schulter klopfte, ihn von sich schob und mit einem Kopfnicken gegen die Senatorin und Ida Jungmann — dem überlegenen, wohlwollenden und ermunternden Kopfnicken des wissenden Arztes, an dessen Augen und Lippen man hängt, sich erhob und die Konsultation beendete ...

Das bereitwilligste Verständnis noch für seinen Schmerz um die See, diese Wunde, die so langsam vernarbte und, von der geringsten Härte des Alltages berührt, wieder zu brennen und zu bluten begann, fand Hanno bei Tante Antonie, die ihn mit ersichtlichem Vergnügen vom Travemünder Leben erzählen hörte und auf seine sehnsüchtigen Lobpreisungen lebhaften Herzens einging.

»Ja, Hanno«, sagte sie, »was wahr ist, bleibt ewig wahr, und Travemünde ist ein schöner Aufenthalt! Bis ich den Fuß ins Grab setze, weißt du, werde ich mich mit Freuden an die

Sommerwochen erinnern, die ich dort als junges, dummes Ding einmal erlebte. Ich wohnte bei Leuten, die ich gern hatte und die mich auch wohl leiden konnten, wie es schien, denn ich war ein hübscher Springinsfeld damals — jetzt kann ich altes Weib es ja aussprechen — und fast immer guter Dinge. Es waren brave Leute, will ich dir sagen, bieder, gutherzig und gradsinnig und außerdem so gescheit, gelehrt und begeistert, wie ich später im Leben überhaupt keine mehr gefunden habe. Ja, es war ein außerordentlich anregender Verkehr mit ihnen. Ich habe da, was Anschauungen und Kenntnisse betrifft, weißt du, für mein ganzes Leben viel gelernt, und wenn nicht anderes dazwischengekommen wäre, allerhand Ereignisse ... kurz, wie es im Leben so geht ... so hätte ich dummes Ding wohl noch manches profitiert. Willst du wissen, wie dumm ich damals war? Ich wollte die bunten Sterne aus den Quallen heraushaben. Ich trug eine ganze Menge Quallen im Taschentuche nach Hause und legte sie säuberlich auf den Balkon in die Sonne, damit sie verdunsteten ... Dann mussten die Sterne doch übrigbleiben! Ja, gut ... als ich nachsah, war da ein ziemlich großer nasser Fleck. Es roch nur ein bisschen nach faulem Seetang ...«

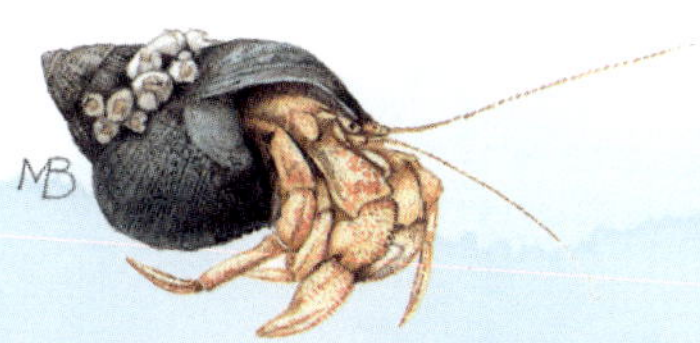

MB

Mark Twain

Tom Sawyers Abenteuer

Nach dem Frühstück machte sich die ganze Bande auf, zur Jagd auf Schildkröteneier. Sie schwärmten umher, hier und dort Stöcke in den Sand bohrend. Wenn sie eine weiche Stelle fanden, ließen sie sich auf die Knie nieder und wühlten mit den Händen. Manchmal fanden sie 50 bis 60 Eier in einem Loch. Es waren ganz runde weiße Dinger in der Größe einer englischen Walnuss. Am Abend ein ausgezeichnetes Eiergericht und ditto am Freitagmorgen war der Lohn ihrer Mühe.

Nach dem Frühstück ging's auf die Sandbank, wo sie sich unter jauchzendem Jubel herumtummelten, hier ein Kleidungsstück, dort ein anderes von sich werfend, bis nichts mehr sie hinderte, ihre Spiele in dem seichten Gewässer bis an die starke Strömung fortzusetzen, die ihnen den Sand unter den Füßen wegriss und zu manchen ergötzlichen Purzelbäumen Veranlassung wurde. Dann, in einer Gruppe vereinigt, spritzten sie sich mit gehöhlter Handfläche Wasser ins Gesicht, flohen, verfolgten sich, bis der Stärkere den Schwächeren nach Herzenslust untergetaucht hatte. Dann verschwanden alle unter der wallenden, sprudelnden Gischt, ein Durcheinander von weißen Armen und Beinen regte sich zappelnd aus der Tiefe, und die Piraten kamen unter Schnauben, Prusten und Lachen und nach Luft schnappend wieder ans Tageslicht. Ermüdet streckten sie sich aus auf dem heißen Sand, bedeckten sich damit, um nach kurzer Rast das tolle Spiel von Neuem zu beginnen. – Endlich fiel es ihnen ein, dass sich ihre nackte Haut ganz wie Trikot ausnehme; sofort wurde ein Zirkus im Sande improvisiert, und die Vorstellung begann mit drei Clowns als Personal, denn keiner wollte diese Glanzrolle dem anderen überlassen. Dann wurden mit den Marmeln alle bekannten Spiele gemacht, bis es langweilig wurde. Nachher vergnügten sich Joe und Huck aufs Neue mit Schwimmen. Tom machte diesmal nicht mit. Er hatte die Schnur von Klapperschlangenringen, die er beim Schwimmen immer um das Fußgelenk trug, abgestreift, und wunderte sich, ohne den Schutz dieses geheimnisvollen Talismans nicht längst vom Krampf gepackt worden zu sein. Er durfte sich nicht ohne ihn ins Wasser wagen, und als er ihn nach langem Suchen gefunden, waren seine Kameraden müde und sehnten sich nach Ruhe.

Marcia Willett

Das Paradies am Fluss

Als die Vierzig-Fuß-Jolle Alice durch das bewegte Wasser auf die beiden Brücken zusegelt, schaut Sophie, die im Cockpit sitzt, auf und sieht zu, wie der Zug von der Brücke rattert. Zwei Kinder stehen an einem Waggonfenster und winken, und Sophie winkt instinktiv zurück. Johnnie Trehearne, der am Steuerruder steht, lächelt.

»Freunde von dir?«, fragt er müßig.

Sie lacht. »Weißt du nicht mehr, wie du das als Kind gemacht hast? Zügen und Lastwagenfahrern und vorbeifahrenden Autos zuzuwinken? Es war immer so toll, wenn jemand zurückgewinkt hat.«

»Wenn du es sagst«, meint er freundlich.

Sie fahren mit Motorantrieb flussaufwärts, weichen einer Gruppe um die Wette segelnder Laser-Dingis und ein paar Sonntagsseglern aus, die mit ihren Booten nur am Wochenende oder in den Ferien hinausfahren, und Johnnie spürt die Zufriedenheit, die er auf dem Fluss oder auf dem Meer immer empfindet. In dem Moment, in dem der Anker hochgezogen wird, die Taue fallen und die Entfernung zwischen Boot und Anlegestelle sich vergrößert, ist er am glücklichsten. Vielleicht liegt es daran, dass er in seinen jungen Jahren im Schatten seines älteren Bruders gestanden hat — des mondänen, brillanten Al —, und das Dingi-Fahren war damals seine ganz persönliche Art, sich unabhängig zu fühlen und stolz auf seine Fähigkeiten zu sein. Als Kind hatten seine Alleinfahrten im Dingi, bei denen er über das Wasser geglitten war und sein

Geschick an Wind und Flut gemessen hatte, sein Selbstvertrauen und seine Zuversicht auf eine Weise gestärkt, wie es in Als Nähe nicht möglich gewesen war.

Als sie heute mit Motorkraft der Flut entgegenfahren, trägt auch Sophies Anwesenheit zu Johnnies Zufriedenheit bei. Sie ist Haushälterin, Gärtnerin, Faktotum, Gefährtin und Verbündete. Sophie, eine enge Freundin seiner jüngeren Tochter, lebt bei ihnen, seit die beiden Mädchen das Studium an der Universität abgeschlossen haben; und jetzt, zwanzig Jahre später, ist sie ihm so lieb wie jedes andere Mitglied seiner Familie.

»Eine von Johnnies Versagern.« So hatte seine Mutter sie in diesen frühen Jahren genannt, als er darauf bestanden hatte, Sophie für ihre viele Arbeit ein Gehalt zu zahlen. Doch Johnnie weiß, wie viel sie Sophie verdanken, die sie mit dem ihr eigenen unkonventionellen gesunden Menschenverstand und ihrer liebevollen Fröhlichkeit durch Todesfälle und Geburten, alltägliche Freuden und Verletzungen begleitet hat. Sie ist damals zu ihnen gekommen, um sich von einer Abtreibung und einer gescheiterten Beziehung zu erholen, und einfach geblieben. Eine schöne Beigabe ist es, dass sie gern und gut segelt. Nach dem Tod seiner lieben Meg und nachdem die Mädchen mit ihren Familien ins Ausland gezogen sind — Louisa nach Genf und Sarah nach Deutschland —, hätte er sich ohne Sophie sehr einsam gefühlt.

Johnnie vermutet, dass nicht einmal Sophie ermessen kann, wie sehr ihm die Mädchen und ihre Kinder fehlen. Er weiß, dass er Glück hat, weil sie ihn regelmäßig besuchen, um in sein Haus einzufallen, seine Boote zu segeln und im Seegarten Partys zu feiern. Aber ihm ist auch klar, dass ihre Bereitschaft, aus Genf und Deutschland anzureisen, teilweise darauf beruht, dass Sophie hier ist und plant, organisiert und ihren Aufenthalt angenehm und mühelos gestaltet. Häufig bringen sie noch Freunde und deren Kinder mit, und sie feiern weiterhin hier am Tamar gemeinsam Geburtstage und Weihnachten. Die Kehle wird ihm ein wenig eng, als er an seine süße, liebevolle Meg denkt und daran, wie viel sie verpasst hat und wie glücklich ihre hübschen, klugen Töchter und ihre ungestümen, lebenslustigen Enkelkinder sie gemacht hätten.

Die Flut kommt herein und trägt sie das breite Flussbett hinauf, wo die Möwen jetzt ihre Futterplätze verlassen und das gelbbraune Watt sich mit ineinander verwobenen und sich überkreuzenden blauen Rinnsalen füllt, als das Wasser sich in tiefe, schlammige Kanäle ergießt.

Sophie sieht auf die Uhr. »Wir sind rechtzeitig zum Mittagessen da«, erklärt sie. »Das wird Rowena freuen.« Die beiden wechseln einen kurzen, amüsierten Blick, der die Tyrannei der älteren Generation kommentiert.

Johnnies Mutter — Rowena, Lady T. oder das Granny-Monster, je nachdem, wer spricht — lebt weiter bei ihm. Sie ist kränklich, dominierend, undankbar, aber immer noch jemand, an dem man nicht vorbeikommt. Doch er liebt sie, soweit sie das Zeigen von Gefühlen zulässt, so wie sein Vater vor ihm.

Das Haus mit seinen klaren, eleganten Linien ist jetzt deutlich zu erkennen. Es liegt zwischen Wiesen und Buschwerk, die zum Seegarten und zum Fluss hin sanft abfallen. Der Seegarten, den einer von Johnnies Vorfahren angelegt hat, ruht auf den Fundamenten eines Anlegers. Der Rasen, der von Lavendelhecken und einer Steinbalustrade auf der Seeseite eingerahmt wird, erstreckt sich bis in den Fluss hinein. Eine imposante Galionsfigur, eine Circe von einem alten Segelschiff, wacht darüber und schaut flussabwärts aufs Meer hinaus.

Zwischen der Circe und The Spaniards, dem Pub in Cargreen auf dem Westufer des Tamar, erstreckt sich eine unsichtbare Linie. Sie war die Ziellinie zahlreicher Rennen seiner Kindheit, Al und Mike auf der Heron und Fred und er auf der The Sieve — dem »Sieb«. Mit einem Mal erinnert Johnnie sich an den besonders herrlichen Tag, als Fred und er zum ersten und letzten Mal vor der Heron ins Ziel kamen, und für kurze Zeit ist er wieder ein Junge und lacht mit Fred, während sie die Sieve ins Bootshaus rudern.

Den Fluss hinab

Im Mittagsschein
fahr ich im Boot allein
den Fluss hinab, der mit mir sinnt und träumt.
Kein Laut im Kreis;
der Kiel gluckst schläfrig, leis;
von Linden ist das Ufer hoch umsäumt.

Der Sonne Glut
strahlt wider aus der Flut
mit Bäumen, deren Kronen abwärtsstehn.
Im Fluss erhellt
sich eine Spiegelwelt,
wie viel auch Wellen kommen und vergehn.

Metallen blank,
stahlblau und zierlich schlank
fliegt die Libelle auf der Spiegelung.
So leicht beschwingt,
von Sonnengold umringt,
flog meine Seele einst, sehnsuchtsvoll, jung.

Eduard Stucken

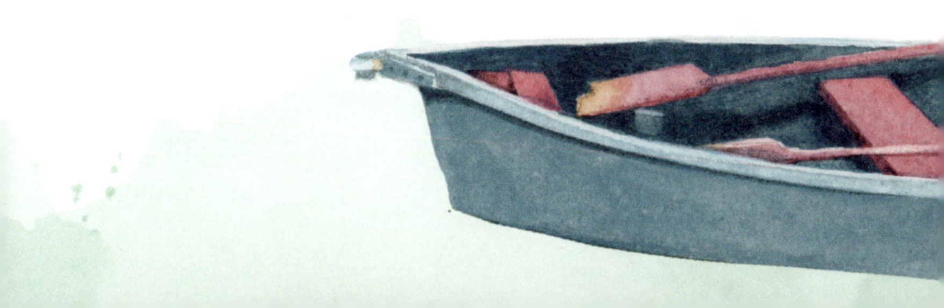

Sehnsucht

Wenn ich am Morgen aufstehe,
sehe ich die Sonne über den Bäumen aufgehen,
und ich sehe, wie aus dem Morgenrot
eine helle, warme Sonne wird.
Wenn ich am Nachmittag nach Hause komme,
hat die Sonne das gegenüberliegende Ufer
in helles Licht getaucht, und es entsteht ein
wunderschönes Farbenspiel zwischen dem Ufer,
dem Wasser und den Booten.
Wenn ich am Abend schlafen gehe,
zieht der Mond auf dem Wasser eine
breite Spur und lässt es in der Dunkelheit glitzern.

Autor unbekannt

MB

Italienische Reise

Briefe von Johann Gottfried Herder an Caroline Herder

Ankona, den 11. Sept. 1788 am Meer

Seit ich Dir aus Verona schrieb, liebe treue süße Seele, sind wir, wie Du auf der Karte sehen wirst, weit fortgerückt. Und was noch besser ist, unsere Reisegesellschaft hat sich so gut zusammengefunden, dass wir seit drei Tagen aufs Vergnügteste reisen. Wir sind jetzt wenige Tagesreisen von Rom entfernt. Lass Dir erzählen, was wir seitdem gesehen und nicht gesehen haben:

Seit Pesaro bis Ankona haben wir das Meer gar nicht verlassen und oft ging der Weg stundenlang dicht am Ufer fort. Es war nicht ganz ruhig, aber auch nicht völlig im Sturm; die Schiffe flogen darauf, einige so nahe vor uns vorbei, dass wir die Segel u. Menschen erkennen konnten.

So kamen wir über Forli, Sinigaglia bis Ankona, das mit seinem Hafen sonderbar malerisch und schön liegt. Über dem Meer schwebte ein Gewitter, das uns dann und wann seine hohle Meeresstimme hören ließ. Als wir in Ankona waren, wurde es stärker und gab uns über den Abend prächtige Stimmen zu hören. Heute Morgen 6 Uhr tat es einen Schlag aufs Meer, dass mein ganzes Zimmer wie in Flammen zu stehen schien. Jetzt ist es 10 Uhr und es regnet noch. Diese Szene, dieser Anblick, die kühle erfrischende Meeresluft, nach einer Reihe so heißer Tage, die Ruhe, die wir in Pesaro, noch mehr aber hier in Ankona genossen haben, hat uns allen ein neues Leben gegeben.

Du meine treue Penelope, ich Dein alter gewanderter Ulysses und unsere Kinder um uns. Grüße sie alle von mir mit einem Kuss: Hier lege ich ein Sträußchen vom Adriatischen Meer bei.

Terni, den 17. Sept. 1788

Tausend Jahre scheinen es mir, mein liebstes Leben, seit ich nicht an Dich geschrieben habe, und 10 000, seit ich keinen Brief von Dir empfangen habe; aber siehe auf die Karte, wie weit wir fortgerückt sind, sodass wir morgen bequem in Rom sein könnten, wenn wir nicht erst den berühmten Wasserfall bei Terni sehen wollten, der einige Meilen von hier ist.

Bisher sind die Wirtshäuser so schlecht gewesen, dass ich nirgendwo einen Winkel fand, von wo aus ich Dir hätte schreiben können.

Ich fange an, wo ich aufhörte, bei Ankona. Am ersten Tag passierte nichts Außergewöhnliches: Man hat keinen Begriff von dem In-den-Tag-hinein-leben unter freiem Himmel. Ich ging nach Hause und rauchte meine Pfeife vor einem schönen Mond.

Den Tag drauf wanderte ich allein durch die Stadt. Gegen Mittag kam ich auf die schönste Höhe der Welt, die über den Hafen von Ankona aufs Adriatische Meer hinausblickt. Hier hat einst ein Tempel der Diana an einem würdigen Platz gestanden, jetzt ist der Dom da; ich konnte mich von der schönen Höhe des blaugrünen Meeres nicht trennen, ging endlich aber doch hinunter und suchte die Börse, wo vom Balkon eine ruhige, unendlich schöne Aussicht aufs Meer ist. Am Nachmittag fuhren wir in einige der Kirchen, die ich vormittags schon gesehen hatte, und beschlossen, da es schon dunkel wurde, mit der Börse und der Porta nuova.

Die Aussicht aufs Meer machte mich jetzt unter dem schönen Monde so süß-traurig, dass ich im Andenken von Euch, meine teuren einzigen Lieben, ein Stückchen Siegelwachs, das ich in der Tasche hatte, still und andächtig ins schöne Meer hinab vom Balkon fallen ließ.

18. Sept.

Wir sind beim Wasserfall gewesen und eilen fort; ein großer Anblick, doch nicht größer, als meine Erwartung ihn dachte. Der Strom Vellino, ehe er fällt und in der Enge zwischen Felsen rauscht, füllte mich mehr, als da er in seine Kluft stürzt und allgemach sein Bette findet. Wir kamen im Regen von den Höhen hinab und eilen fort. Heut Nacht in Citta Castellana, denn geht der neue Weg an und morgen Mittag oder Nachmittag in Rom. Lebt wohl, Ihr Lieben, gedenkt meiner und wünscht mir alles Gute; wo nicht um mein, so um Euretwillen. Lebe wohl, Liebe, ich nehme diesen Brief nach Rom mit.

38
E^SE DE PONT DE PANY
MB

MB

Hermann Hesse

Lagunenzauber

In den Kanälen Venedigs

Venedig! Man steigt in der großen Halle des Bahnhofs aus, tritt ins Freie und hat eine breite, ins Wasser hinabführende Treppe vor sich, an welcher, wie bei uns die Droschken, die Gondeln warten. Mit dem Rufe »gondola! gondola!« drängen sich die zahlreichen Gondoliere auf. Man wählt sich eines der schlanken schwarzen Fahrzeuge aus, setzt sich in die weichen Polster und fährt leise mit behaglichem Wiegen in die fremde Welt der Kanäle hinein.

Beschreiber und Dichter haben von dieser eigenartigen kleinen Wasserwelt in unzähligen Büchern erzählt; ich begnüge mich, einige einzelne Erlebnisse und Stimmungen zu berichten. Venedig übte auf mich einen stärkeren Zauber aus als irgendeine andere italienische Stadt, und ich glaube, in den kurzen drei Wochen meines dortigen Aufenthaltes nach Möglichkeit in seine Geheimnisse eingedrungen zu sein.

Die Lage meiner Wohnung, von der nur eine einzige schmale Gasse mit großen Umwegen nach den wichtigeren Plätzen der Stadt führte, nötigte mich, von der Gondel sehr reichlich Gebrauch zu machen. Und eine Reihe intimer, poetischer Eindrücke verdanke ich diesen Fahrten. Schon das Fahrzeug, die schwarze, leichte, schlanke Gondel, und die lautlos sanfte Art der Bewegung hat etwas Fremdartiges, träumerisch Schönes und gehört als wesentlicher Faktor in die Stadt des Müßigganges, der Liebe und der Musik. Wer in Venedig die Kunststätten besucht, schätzt dies besonders: Aus einer Kirche, einem Palaste, einem Museum tretend, verliert man meistens durch das sich aufdrängende, Aufmerksamkeit fordernde Straßenleben aus Augen und Sinn die zarteren Eindrücke, während man hier auf der Fahrt von einem solchen Orte zum andern oder nach Hause ungestört auf dem stillen Wasser das Gesehene bewahren und nachgenießen kann.

Ganz zu Beginn meiner Venezianer Tage rief ich eines Abends vom Fenster meines Zimmers aus einen Gondoliere herbei, stieg vor der Haustüre ein und gab als Ziel den Rialto an, in dessen Nähe ich zu Abend essen wollte. Es war ein schwüler Tag gewesen, ein Gewitter stand bevor. In den ohnehin durch die hohen Häuserreihen verdunkelten engen Kanälen wuchs die Dämmerung eilig. Seltsam war es, den starken Gewitterwind, vor dem unser schmaler Kanal völlig geschützt war, über die Dächer brausen zu hören, während unten kein Lüftchen rege war. Mein Gondoliere ruderte eifrig, ich hatte ihm ein Trinkgeld versprochen, wenn wir vor dem Ausbruch des Regens ankämen. Aus dem engen Kanal bogen wir in einen noch engeren, der schon fast völlig dunkel war. Eilig glitten wir an den finsteren Wänden entlang, zwei, drei Regentropfen klatschten schon in das schwarze tote Wasser. Der Kanal mündete in einen anderen, breiteren, und dieser lag dem Durchzug des Windes frei, den man schon in einiger Entfernung dort tosen hörte. Wir erreichten die Mündung, der Gondoliere wollte einbiegen, wurde vom Wind zur Seite gedrängt, versuchte es nochmals und mußte nach längeren Anstrengungen die Versuche aufgeben. So warteten wir denn an der Kanalecke in vollkommen stillem Wasser, während zwei Schritte vor uns der breite Kanal vom Sturm durchpfiffen und stark erregt war. Ich ermunterte den Ruderer zu einem neuen Versuch, die Biegung zu gewinnen.

Auch dieser mißlang. In diesem Augenblick brach plötzlich eine fahle Helle durch die tiefe Dämmerung – der erste Blitz. Auf diesen folgte ein dichter, toller Regenguß. Ich rief dem Ruderer zu, eiligst ins Trockene zu flüchten, und wir fuhren nun so rasch als möglich im selben Kanal zurück, bis wir die nächste Brücke erreichten. Unter dem stark gewölbten, doch niedrigen Brückenbogen machten wir nun, in völliger Finsternis, halt. Die Breite der Brücke entsprach genau der Gondellänge, in der Mitte der Gondel saß ich behaglich im Dunkeln, neben mir stand der Gondoliere, das Fahrzeug an der Mauer festhaltend; zu beiden Seiten rauschte der gewaltige Regen herab. Einige beschauliche Minuten vergingen so, da kam, Unterschlupf suchend, eine zweite Gondel an und legte sich neben die meinige, und nach kurzer Zeit kam in schleuniger Flucht eine dritte hinzu. Die drei Gondeln füllten den ganzen überbrückten Raum knapp aus. Man konnte einander in der Dunkelheit nicht erkennen, dennoch entstand aus vereinzelten Ausrufen und Scherzen über unsre eigentümliche Lage bald ein gemeinsames Gespräch. So hingen nun die drei Gondeln unter der kleinen Brücke wie flüchtige Vögel untergekrochen, und von Gondel zu Gondel ging in der Finsternis vertrauliche Rede und Antwort hin und her – eine Viertelstunde voll seltsamer Märchenplauderstimmung, geheimnisvoll und fröhlich zugleich, die mir wie ein kleines trauliches Lied mit der Begleitung des niederstürzenden Regens in der Erinnerung liegt.

Ein andermal war ich nach San Redentore gefahren und hatte die Gondel entlassen, ohne an die Rückfahrt zu denken. San Redentore liegt auf der Giudecca, einer langgestreckten Insel, und hat keinen festen Gondelhalteplatz. Als ich nun nach kurzer Zeit die Kirche wieder verließ, fand ich keine

Gondel vor. Den einzigen im Augenblick gegenwärtigen Menschen, einen Schiffsknecht, bat ich vergebens, mich nach San Giorgio überzusetzen. Das nächste Omnibusschiff sollte erst in einer Stunde kommen, und ich wurde am Markusplatz von Freunden erwartet. Da fuhr in der Nähe das Segelboot eines Fischers vorüber und nahm mich auf mein flehentliches Anrufen auf. So kam ich wenigstens einmal dazu, eine Strecke auf einem solchen Boot zu fahren, mit deren Besitzern ich in Malamocco und Chioggia manchmal geplaudert hatte und deren malerische Erscheinung am Horizont des offenen Meeres mich vom Lido aus, wo ich täglich badete, so oft erfreut hatte. Das schwere Boot mit dem braunroten Segel glitt rasch über die Lagune hin, die in opalartig mildem Glanze leuchtete, von perlmutternen Schillerfarben überflogen, und ich erreichte Venedig schneller, als ich gehofft hatte. Unterwegs verzehrte ich eine Handvoll frische Austern, die mir der Fischer aus seinem Korbe anbot und die, vom herben Meerwasser gewürzt, mir köstlich mundeten. Es gelingt mir nicht, das zu schildern, was diese morgendliche Bootfahrt mir lieb und wertvoll macht, – ich erinnere mich ihrer als eines unschätzbaren Genußes. Wer die Lagune kennt, wie sie an sonnigen Tagen ist, wird mich verstehen: Das vielfarbige Glänzen des ebenen Wassers, die gegen den tiefblauen Himmel traumhaft aufsteigende Stadt mit dem Dogenpalast im Vordergrund, der blendend leuchtende Globus der Dogana und dahinter die elegante Kuppel der Salute, dazu der herbe Duft des Wassers, der Glanz des roten Segels und das stille Kreuzen der größeren Schiffe – das alles ist von so berückender Schönheit, daß man sich träumend glaubt und beständig fürchtet, das so unwirklich scheinende, auf dem Wasser stehende Bild der Wunderstadt möchte plötzlich wie das Irisspiel einer sonnigen Wolke verschwinden.

Auch an eine der in so vielen Liedern besungenen venezianischen Mondnächte kann ich nicht ohne Bewegung zurückdenken. Ich hatte mich stundenlang an einem klaren Maiabend auf der Piazzetta herumgetrieben; nun saß ich ausruhend am Fuß der Säule des heiligen Theodor, die stundenlang anhaltende Bläue des Nachthimmels und die Wechsel der Lichter und Schatten auf dem Wasserspiegel beschauend. Hinter den Inseln stieg, noch unsichtbar, der Mond herauf, so daß die Giebellinie der Giudecca scharf hervortrat. Die schöngeformte, tiefschwarze Silhouette von San Giorgio Maggiore stieg wie eine fabelhafte, unglaubliche Dekoration aus dem Wasser, die ganze Inselwelt hob sich vom Himmel ab mit einer traumhaft unplastischen Schönheit. Dazwischen lag das spiegelglatte, dunkle Wasser, abwechselnd in silbernen Kielfurchen und roten, zackigen Laternenlichtern flüchtig aufleuchtend. Diese ganze ungewisse, in halb sichtbarer Schönheit dämmernde Welt schien den Aufgang des Mondes wie eine erlösende Entzauberung zu erwarten. Die letzten Takte der Abendmusik klangen vom Markusplatz herüber, die helle Doppelfront des Dogenpalastes schimmerte matt, als hätte der zweifarbige Marmor etwas von der tagsüber eingesogenen Sonne bewahrt.

Da stieg hart neben dem Kampanile von San Giorgio der große, glänzende Mond herauf. Weiße Glanzlichter sprangen über Turm und Kirchendach. Die Lagune überzog sich mit einem schwebenden milden Licht, einzelne von Barken erregte kleine Wellen blitzten mit hastigem Glanze auf. Ich sprang in die nächste Gondel und rief dem herbeieilenden Gondoliere zu, mich langsam in den Canal grande hineinzurudern. Jenseits der Salute, in der Lagune zwischen den Zattere und der Giudecca, schwamm eine Musikbarke, deren Töne stark gedämpft noch hörbar waren. Diese Geigen- und Gitarrenklänge und das weiche Mondlicht schienen lebendiger und wesenhafter zu sein als die stillen, hohen Paläste des Kanals, die schweigend, bleich und mondbeglänzt in der warmen Nacht lagen und deren feste Giebelkonturen in den schwerblauen Himmel zerflossen. An einem dieser Paläste waren drei Fenster erleuchtet, aus denen der Gesang einer schönen Frauenstimme drang. Ich ließ die Gondel halten und gab mich eine Weile dem Genuß dieses Gesanges hin, der sich mit Nacht und Mondlicht zu verschwistern und eigens dieser weichen, schönen Stunde anzugehören schien. Dann fuhr ich zur Piazzetta zurück und gab als nächstes Ziel San Giovanni e Paolo an. Die Gondel glitt durch stille, schlafende Kanäle, unter der Seufzerbrücke hindurch; die Rufe des Gondoliere, durch die an den Kanalbiegungen etwa entgegenkommende Gondeln zum Ausweichen aufgefordert werden, diese dem Fremden schwer verständlichen, halb gesungenen Rufe verklangen in die Totenstille der nächtlichen Gassen und Kanäle. Bei San Giovanni e Paolo stieg ich für einige Minuten ans Ufer. Die kleine Piazza war mondhell, die schöne Fassade der Scuola di San Marco glänzte auffallend hervor, das wundervolle Reiterstandbild des Colleoni stand ernst und wuchtig gegen den Himmel. Das gewaltige Denkmal des fünfzehnten Jahrhunderts steht mit seiner trotzigen Schönheit im wunderbaren Kontrast zum übrigen Venedig, dessen Schönheit durchaus weich und musikalisch ist, und dieser Kontrast fiel mir heute ganz besonders auf. Von allen Städten, die ich in Italien besuchte, ist mit Ausnahme Ravennas Venedig diejenige, die am meisten zu traurigen Gedanken über den Untergang eines großen Ehemals reizt, dennoch ist sie reicher als jede andere an Schönheiten, die ihr durch die Jahrhunderte unverändert geblieben sind. Geblieben ist ihr der Zauber eines durchaus abgesonderten, eigentümlichen Lebens, der Glanz der Lagune, die Schönheit seiner Frauen und die ganze verlockende Poesie der Gondel. Auch fand ich nirgends sonst eine solche Einheit des heutigen Lebens mit dem Leben, das aus den Kunstwerken der goldenen Zeit Venedigs redet und in welchem Sonne und Meer wesentlicher sind als alle Historie. (1901)

Die Lagune

Niemals hat die Lagune von Venedig sich meinem Auge so glücklich entschleiert wie an einem Vormittag im Mai, den ich fast ausschließlich ihrer Betrachtung widmete. Ich kenne nichts Beglückenderes als die Stunden, in welchen ein merkwürdiges Stück Natur oder Kunst sich dem Auge zum ersten Mal so klar und durchsichtig darbietet, daß die aufmerksame Betrachtung dem schaffenden Geist der Schönheit unmittelbar auf frischer Spur zu folgen vermag. Landschaften, Wolken, Bilder, an denen wir oft mit unbewußter Freude vorübergingen, enthüllen in solchen Augenblicken plötzlich und überraschend den in ihnen wirksamen Schöpfergedanken. Dann ist es dem geübten und fleißigen Beschauer vergönnt, im glücklichen Belauschen und Verstehen an dieser Schöpfung so teilzunehmen, daß er dem schönen Objekt gegenüber selbst das Gefühl des Erschaffenden hat. Es ist genau daßelbe Glücksgefühl, das ein Buch, eine Musik in der Stunde des vollkommenen Verstehens gewährt; dann ist das Kunstwerk dein Eigentum und du selbst bist der Dichter.

Die Kirchentüre von San Sebastiano schloß sich hinter mir, und ich trat ins Freie. Dort war mir plötzlich Paolo Veronese verständlich und lieb geworden, dessen Werke noch mehr als die andern Venezianer der heimischen Luft und Umgebung bedürfen, um völlig genossen zu werden. Dieser Genuß, den mir die Säle des Palazzo Ducale nur erst teilweise erschlossen hatten, war mir nun in ganzer Fülle in San Sebastiano zuteil geworden, wo um das Grab des Malers her eine Anzahl seiner üppig farbigen Werke von Wänden und Decke glänzt.

Von der Lagune kommend, das Haar noch feucht vom Wasserduft, muß man diese Werke besuchen, während vor der Tür die Gondel wartet; dann erscheinen sie wie sorglos schöne, weiche Träume, reich und rechenschaftslos aus der schlummernden Fülle der Lagunenstadt aufgestiegen, dann reden sie ihre echte Sprache, die Sprache der unbekümmerten Lebensfülle, der Schönheit und des Genußes. Ganz Venedig spiegelt sich in ihnen, die Welt der flüssigen Konturen, der träumerischen, vom Wellenschlag begleiteten Musik, die Welt des süßesten Schmelzes, der im mattblauem Gewässer sich spiegelnden Abendröten, der Welt, welche, vor den Stürmen des Landes durch ihren Wassergürtel und vor den Stürmen des Meeres durch den Gürtel ihrer Inseln gesichert, sich im Genuß einer reichen Gegenwart wiegt. Man begreift die mageren melancholischen Engel der früheren Toskaner und alle Bilder der großen Meister, in denen Armut, Kampf des Lebens, rauhe Natur, Tod und Leid geschildert sind, nicht mehr, solange man unter dem einseitigen Eindruck dieser üppigen und glänzenden Kunst steht.

Von San Sebastiano aus erreicht die Gondel in wenigen Minuten die Lagune, welche dort Canale della Giudecca heißt. Die Giudecca liegt gegenüber. Über ihre lange Häuserreihe ragen die Kirchen Eufemia und Redentore auf, rechts führt an der Sacca San Biagio vorbei die Dampferlinie nach Fusina, links schließt San Giorgio die Aussicht. Ich befahl dem Gondoliere, langsam dem Ufer entlang nach rechts zu fahren.

Es war ein kristallheller, durchsichtiger Sonnenmorgen, ganz dünne, schneeweiße Flaumwölkchen standen in einzelnen langen Streifen am hellblauen Himmel, dessen Farbe bis an den Horizont herab noch dunstlos rein war. Das Wasser, von einem leichten Windhauch kaum sichtbar bewegt, war auf lichtgrünem Grunde von wunderbaren Farbenspielen überflogen, die meine ganze Aufmerksamkeit fesselten. »Langsam! Noch langsamer!«, rief ich wiederholt dem Ruderer zu, bei Santo Spirito endlich ließ ich ihn haltmachen und winkte ihm nur noch jeweils, die Gondel nach rechts oder links zu wenden, je nachdem ein auffallender Reflex mich anzog.

Das Wasser der Lagune, dessen Grundfarbe ein der Rheinfärbung ähnliches Hellgrün ist, hat durchaus die Lichtqualitäten matter Edelsteine, namentlich des Opals. Die Spiegelung ist sehr unscharf, starke Lichter dagegen erwecken auf der scheinbar stumpfen Oberfläche wahrhaft überraschende Reflexe. Man ist erstaunt, diese milchig matte Fläche so enorm lichtempfindlich zu finden. Die Sonne verlieh ihr einen gleichmäßigen matten Glanz, der aber an Stellen, die von Schiffen oder Ruderschlägen erregt wurden, in blendenden, goldenen Feuern aufloderte. Aber auch die unbewegte, fast spiegelebene Lagune war unaufhörlich farbig belebt, und zwar ganz anders als das offene Meer, in dem auch die lebhaftesten Farben nie die transparente Klarheit des Meerwassers annahmen, sondern alle wie durch einen gemeinsamen milchweißen Grund gedämpft und ins Zartere, Differenziertere, Flüchtigere getönt waren.

Venedig wäre nicht Venedig, wenn es im freien Meere läge; an jenem Morgen empfand ich den enormen Unterschied von Meer und Lagune. Die leuchtend frischen, jubelnden Farben des bewegten Meeres würden Venedig seinen eigensten Schmuck rauben: das Verschleierte, Traumhafte, verborgen

Schillernde der Farben. Es ist kein Zufall, daß so viele Venezianer, namentlich der brillante Crivelli und später Paris Bordone, in ihren Gemälden mit besonderer Liebe und mit vollendetem Raffinement den verfeinerten koloristischen Reizen der Edelsteine, des Atlas, des Sammet und der Seide nachgingen – sie hatten auf der Lagune stündlich dieselben Farbenreize eines aparten Materials vor Augen. Am häufigsten fiel mir das durch jeden Licht- und Bewegungseinfluß leicht hervorgerufene Spiel der Irisskala auf, das wie ein Hauch zart und scheu über jede kleinste Wogenhöhung hin erschauert. Ich belauschte den flüchtig schönen Hauch unzählige Male. Dann ward mir durch das langsame Vorbeifahren eines großen, frisch mit Zinnober gestrichenen Lastschiffes ein ganz köstlicher Genuß. Das durchdringende Rot drängte sich dem sonst schlecht spiegelnden Wasser fast gewaltsam auf und glänzte unvermischt und unverändert aus den Wellen zurück, in der Harmonie grünlichblauer, unsicherer Perlfarben der einzige feste, grelle Ton.

Die Lagune als Ganzes aber hat noch ein wichtiges Farbenmoment, das sich von meinem niederen Augenpunkt aus nicht beobachten ließ. Das sind die sumpfigen Stellen und Schlammbänke, auch bei hohem Wasserstand kenntlich durch die sie umgebenden hohen Pfosten, deren Linie den Schiffen die fahrbare Bahn bezeichnet. Schon vom Schiff aus fällt ihre vom tiefen Wasser abweichende Färbung auf, am besten beobachtet man sie, wie überhaupt die Lagune im Ganzen, vom Kampanile von San Giorgio Maggiore aus. Bei trübem Wetter erscheinen sie meist rostbraun, auch schmutzig graugrün, bei Sonne aber liegen sie als schimmernd farbige Inseln in der einheitlich grünen Lagune. Sonne und Wolken verändern ihre farbige Erscheinung sehr rasch, daher ist es ein eigenartiger Genuß, sie bei klarem Himmel aus der Höhe jenes Kampanile zu betrachten. Von dort aus sah ich sie in mattem Braunrot, in kräftigem Karmin, die entfernteren in blauen Tönen bis zum sattesten Violett.

Ich stand einmal in einer glänzenden Mittagsstunde dort oben, die helle Stadt mit ihren drei grünen Baumgärten lag schweigend in der heißen Sonne, die Lagune, von bunten Segeln bevölkert, schimmerte matt, die Schlammbänke brannten in unbeständigen, kräftigen Farben. Mehr als alle Kunstgenüsse lag diese leuchtende Stunde und jene vormittägliche Lagunenfahrt mir im Sinn, als ich am Ende meiner Reisezeit schweren Herzens von Venedig und Italien Abschied nahm. (1901)

Lagunenzauber

Meine Gondel glitt langsam und lautlos durch einen schmalen Kanal in der Nähe von San Giovanni e Paolo. Über den hohen, einander entgegengeneigten Giebeln leuchtete der heiße hellblaue Mittagshimmel, dennoch fiel nur da und dort ein schmaler, zitternder Streif Sonne auf das matt dunkelgrüne Wasser des engen Kanals. Verblichene Fassaden namenloser Paläste blickten stumm und ernst zu beiden Seiten, ein graues Madonnenrelief in gotischem Tabernakel unterbrach die Fläche einer langen Hofmauer, kein Schritt, kein Laut unterbrach das Schweigen. Das ist die Stunde, in der sich Venedig mit märchenhaft schweigsamen Glanzträumen schmückt, stiller, tiefer und geheimnisvoller noch als in der mondbeglänzten Mitternacht. Das ist die Stunde, wo die Kanäle tot und ernst sich um die hohen und ernsten Paläste schlingen, wo die Sonne auf den verlassenen marmornen Brunnenmündungen und Kirchentreppen schneeweiß brennt, wo die weite Lagune in flüchtig brennenden Farbenspielen zittert und die braunen Schlammbänke sich mit Purpur, Blau und Violett überziehen. (1901)

MB

Nicholas Sparks

Wie ein einziger Tag

Kajaks und vergessene Träume

Allie wurde am nächsten Morgen vom munteren Zwitschern der Stare geweckt. Sie rieb sich die Augen und spürte, wie steif ihre Glieder waren. Sie hatte schlecht geschlafen, war nach jedem Traum hellwach geworden und erinnerte sich, wohl ein dutzendmal auf die Uhr geschaut zu haben.

Sie hatte in dem weichen Hemd geschlafen, das er ihr geschenkt hatte, und glaubte, seinen Geruch wahrzunehmen, als sie an ihren gemeinsamen Abend zurückdachte; an ihre ungezwungene Unterhaltung, an ihr Lachen und vor allem an das, was er über ihre Malerei gesagt hatte. Es war so überraschend für sie gewesen, so wohltuend, und während sie sich seine Worte immer wieder ins Gedächtnis rief, wurde ihr bewußt, was ihr entgangen wäre, hätte sie beschlossen, ihn nicht wiederzusehen.

Sie schaute aus dem Fenster und beobachtete das emsige Treiben der Vögel, die sich im frühen Morgenlicht auf Futtersuche machten. Noah, das wußte sie, war von jeher ein Morgenmensch, der das Erwachen des Tages auf seine Weise begrüßte. Sie wußte, wie gerne er Kajak oder Kanu fuhr, und erinnerte sich an einen Morgen, an dem sie beide in seinem Kanu den Sonnenaufgang betrachtet hatten. Sie war in aller Herrgottsfrühe heimlich aus ihrem Fenster geklettert, weil ihre Eltern einen solchen Ausflug niemals erlaubt hätten. Doch sie war nicht erwischt worden und entsann sich, wie Noah den Arm um sie gelegt und sie fest an sich gezogen hatte, als die Morgendämmerung heraufzusteigen begann. »Schau mal«, hatte er geflüstert, und sie hatte, den Kopf an seiner Schulter, ihren ersten Sonnenaufgang gesehen — das Schönste, was sie je erlebt hatte.

Als sie aufstand, um sich ein Bad einzulassen, spürte sie den kalten Boden unter ihren Füßen und fragte sich, ob Noah heute morgen wohl wieder auf dem Wasser gewesen war, um den neuen Tag heraufdämmern zu sehen. Und irgendwie hatte sie das sichere Gefühl, daß er hinausgefahren war.

***

Sie hatte recht.

Noah war noch vor Sonnenaufgang auf den Beinen, zog sich schnell an, die Jeans vom Vorabend, Unterhemd, frisch gewaschenes Flanellhemd, blaue Strickjacke und Stiefel. Er putzte sich die Zähne, bevor er nach unten ging, trank ein Glas kalte Milch in der Küche und steckte sich auf dem Weg zur Tür zwei Brötchen ein. Nachdem er sich von Clem zur Begrüßung zweimal übers Gesicht hatte lecken lassen, ging er zum Steg, wo er sein Kajak festgemacht hatte.

Sein altes, mit Flecken übersätes Kajak hing an zwei rostigen Haken, die dicht über der Wasserlinie am Steg befestigt waren, damit die Krebse sich nicht daran festklammern konnten. Er hob es vorsichtig hoch und stellte es auf den Holzplanken ab. Er überprüfte es rasch und trug es dann zur Böschung. Mit einer geschickten, wohl hundertmal schon erprobten Bewegung ließ er es zu Wasser, sprang hinein und steuerte es flußaufwärts.

Die Luft war frisch, fast kalt, der Himmel ein einziger Dunstschleier unterschiedlicher Farben: Schwarz, wie ein Bergmassiv, direkt über ihm, dann Blau in unendlich vielen heller werdenden Nuancen, bis es am Horizont in Grau überging.

Er holte mehrmals tief Luft, sog den Duft der Kiefern und den Geruch des Brackwassers in seine Lungen, genoß den Zauber des Flusses, der seine Muskeln lockerte, seinen Körper wärmte und seinen Kopf frei machte.

Das war es gewesen, was ihm in den Jahren im Norden am meisten gefehlt hatte. Wegen der langen Arbeitsstunden war ihm nur wenig Freizeit geblieben. Zelten, Wandern, Paddeln auf Flüssen, Ausgehen, Arbeiten ... irgendetwas musste zu kurz kommen. Er hatte die Landschaft von New Jersey vor allem zu Fuß kennengelernt und war in den vierzehn Jahren nicht ein einziges Mal im Kajak oder Kanu unterwegs gewesen. Das aber hatte er nach seiner Rückkehr in die Heimat kräftig nachgeholt.

Die Morgendämmerung auf dem Wasser zu erleben war für ihn beinahe etwas Mystisches, und er fuhr jetzt fast jeden Morgen hinaus. Ganz gleich, ob es warm oder kalt, klar oder trübe war, er paddelte im Gleichklang mit der Musik in seinem Kopf und genoß die Nähe zur Natur. Er beobachtete eine Schildkrötenfamilie auf einem schwimmenden Baumstamm, sah, wie ein Reiher zum Flug ansetzte, dicht über dem Wasser dahinglitt, bis er im silbrigen Zwielicht, das dem Sonnenaufgang vorausging, verschwunden war.

Er steuerte auf die Mitte des Flusses zu, von wo er zusah, wie der rötliche Schimmer auf der Wasserfläche sich ausbreitete. Er paddelte nun nicht mehr so kräftig wie vorher, gerade genug, um auf der Stelle bleiben zu können, und wartete, bis das erste Licht durch die Bäume drang. Er liebte diesen Augenblick des Tagesbeginns, diesen dramatischen Moment, diese Neugeburt der Welt. Dann paddelte er wieder aus vollen Kräften, kämpfte gegen die verbliebene Anspannung an, bereitete sich auf den Tag vor.

Währenddessen wirbelten Fragen in seinem Kopf umher wie Wassertropfen in einer Bratpfanne. Er dachte an Lon, überlegte, was für ein Typ Mann er wohl war und wie die Beziehung zwischen ihm und Allie sein mochte. Vor allem aber dachte er über Allie nach und warum sie gekommen sein mochte.

Als er wieder an seinem Steg angelangt war, fühlte er sich wie neugeboren. Er sah auf die Uhr und stellte erstaunt fest, daß er zwei Stunden unterwegs gewesen war. Die Zeit schien ihm hier draußen immer einen Streich zu spielen, doch er hatte schon vor Monaten aufgehört, sich nach dem Grund zu fragen.

Er hängte das Kajak an die beiden Haken, machte ein paar Dehn- und Streckübungen und ging dann zum Schuppen, wo sein Kanu stand. Er trug es ans Ufer, setzte es einen Meter vom Wasser entfernt ab und merkte, als er zum Haus zurückgehen wollte, daß seine Beine noch immer etwas steif waren.

Die Morgennebel hatten sich noch nicht vollständig aufgelöst. Er wußte, daß die Steifheit in seinen Beinen meist ein Vorbote von Regen war. Er schaute nach Westen und sah Gewitterwolken sich am Himmel auftürmen, weit in der Ferne zwar, aber trotzdem bedrohlich. Der Wind war noch nicht stark, trieb die Wolken aber eindeutig näher. So wie sie aussahen, schwarz und schwer, war es nicht gut, draußen zu sein, wenn sie sich entluden. Verdammt. Wieviel Zeit blieb ihm noch? Ein paar Stunden, vielleicht mehr. Vielleicht weniger.

Er duschte, zog neue Jeans an, ein rotes Hemd und schwarze Cowboystiefel, kämmte sein Haar und ging in die Küche hinunter. Er spülte das Geschirr vom Vorabend, räumte überall ein wenig auf, bereitete sich einen Kaffee und trat auf die Veranda. Der Himmel hatte sich verdunkelt, und er schaute auf sein Barometer. Beständig, aber es war schon bald mit den ersten Tropfen zu rechnen. Wolken im Westen verhießen stets Regen.

Er hatte schon vor langer Zeit gelernt, das Wetter niemals zu unterschätzen, und überlegte, ob es eine gute Idee war, heute hinauszufahren. Der Regen selbst machte ihm keine Sorgen, doch mit Gewittern war nicht zu spaßen. Schon gar nicht auf dem Wasser. Wenn Blitze am Himmel zuckten, sollte man lieber nicht im Kanu sein.

Er trank seinen Kaffee aus und beschloss, die Entscheidung auf später zu verschieben. Er ging zu seinem Werkzeugschuppen und holte seine Axt. Er prüfte die Schneide, indem er den Daumen darüber gleiten ließ, und schärfte sie dann mit einem Wetzstein. »Eine stumpfe Axt ist gefährlicher als eine scharfe«, hatte sein Vater immer gesagt.

Die nächsten zwanzig Minuten verbrachte er mit Holzhakken. Seine Hiebe waren sicher und gezielt und kosteten ihn keine Schweißtropfen. Einen Teil der Scheite legte er für später auf die Seite, die restlichen trug er ins Wohnzimmer und stapelte sie neben dem Kamin auf.

Als er fertig war, betrachtete er versonnen Allies Bild und berührte es mit der Hand. Und wieder schien ihm unbegreiflich, daß sie hier gewesen war. Was hatte sie nur an sich, daß sie solche Gefühle in ihm weckte? Selbst nach all den Jahren? Was war es, das ihn so sehr in ihren Bann zog?

Er wandte sich kopfschüttelnd ab und trat wieder auf die Veranda. Er warf noch einmal einen Blick aufs Barometer. Da hatte sich nichts verändert. Dann schaute er auf die Uhr.

Allie musste bald hier sein.

***

MB

Virginia Woolf

Die Wellen

Die Sonne war noch nicht aufgegangen. Meer und Himmel ließen sich nicht unterscheiden, nur dass das Meer leicht gefältelt war wie ein zerknittertes Tuch. Allmählich, während der Himmel weiß wurde, erstreckte sich eine dunkle Linie am Horizont, die das Meer vom Himmel trennte, und das graue Tuch wurde von dicken Streifen durchzogen, die sich, einer nach dem anderen, unter der Oberfläche bewegten, einander folgend, einander jagend, immerzu.

Sowie sie sich der Küste näherten, hob sich ein Streifen nach dem anderen, schob sich hoch, brach und wischte einen dünnen Schleier weißen Wassers über den Sand. Die Welle hielt inne und zog sich dann wieder zurück, seufzend wie ein Schlafender, dessen Atem unbewusst kommt und geht. Allmählich wurde der dunkle Streif am Horizont klar, als hätte sich die Ablagerung in einer alten Weinflasche gesetzt und das Glas erschiene wieder grün. Dahinter klärte sich auch der Himmel, als hätte sich dort die weiße Ablagerung gesetzt oder als höbe der Arm einer Frau, die hinterm Horizont ruhte, eine Lampe in die Höhe, und nun breiteten sich flache Streifen von Weiß, Grün und Gelb über den Himmel aus wie die Finger eines Fächers. Dann hob sie ihre Lampe höher, und die Luft schien auszufasern und sich von der grünen Oberfläche zu lösen, sie flackerte und flammte in roten und gelben Fasern wie rauchendes Feuer, das aus einem Freudenfeuer aufprasselt. Allmählich verschmolzen die Fasern des brennenden Freudenfeuers zu einem einzigen Dunst, einem weißen Glast, der das Gewicht des wollnen grauen Himmels emporhob und in eine Million hellblauer Atome verwandelte. Die Meeresoberfläche wurde langsam transparent und lag gekräuselt und glitzernd da, bis die dunklen Striche nahezu weggewischt waren. Langsam hob der Arm, der die Lampe hielt, sie höher und dann noch höher, bis eine breite Flamme sichtbar wurde; ein Feuerbogen loderte am Rande des Horizontes, und rund um ihn her lohte das Meer golden.

Das Licht traf die Bäume im Garten, machte erst ein Blatt transparent und dann ein zweites. Ein Vogel zwitscherte hoch oben; es gab eine Pause; ein anderer zwitscherte weiter unten. Die Sonne hob die Mauern des Hauses scharf hervor und ruhte wie die Spitze eines Fächers auf einem weißen Rouleau und machte einen blauen Schattenfingerabdruck unter das Blatt am Schlafzimmerfenster. Das Rouleau bewegte sich leicht, doch drinnen war alles gedämpft und gestaltlos. Die Vögel sangen draußen ihre ungereimte Melodie.

Ernst Penzoldt

Masse Meer

Gestern habe ich in Gold gebadet, in flüssigem Gold! Man muß, um dieses Wunder zu erleben, unterhalb des sogenannten »Roten Kliffs«, das übrigens keineswegs rot ist, sondern allenfalls ockergelb, ins Meer gehen, am späten Nachmittag, wenn das Kliff, die Steilküste der Insel, von der Sonne beschienen ist und bei mäßigem Wellengang, kurz, es müssen einige glückliche Umstände zusammentreffen, wenn man das herrliche Empfinden, in lauterem Gold zu baden, voll genießen will. Es ist ferner nötig, eine kleine Strecke hinauszuschwimmen und dann landwärts zurückzuschauen. Denn es macht das sonnenbeschienene Kliff, das sich im unruhigen Meere spiegelt, daß das Wasser zu Metall wird. Unkundige wissen es nicht, was sie, vom Meer aus gesehen, für ein lustiges Schauspiel bieten, wenn sie ins goldene Wasser plätschern, umsprüht von goldenen Tropfen.

Man kommt sich ordentlich reich dabei vor, ein Hochgefühl ergreift einen, und die goldene Heiterkeit hält noch lange an.

So harmlos kann zuweilen das Meer sich darbieten. Aber es täuscht. Da ist der Strand mit den komischen Strandkörben und den spielenden Kindern, die mich immer an eine Predella von Botticelli erinnern. Ein Kind ist darauf abgebildet, das es unternimmt, das große Weltmeer in eine kleine Sandkuhle zu schöpfen. Da sind in ihren sportlich-extravaganten Strandkleidern die Badegäste, die sich angestrengt erholen. Da ist das übliche munter-infantile Badeleben mit Sandburgen, buntlackierten Blecheimerchen und aufgeblasenen Gummitieren: ein Bild der Sorglosigkeit. Und da ist das Meer, bei dessen Anblick man sich wundert, daß es sich das alles so gutmütig gefallen läßt. Allein es ist nicht mit ihm zu spaßen.

Das Meer ist oft gemalt worden. Bekannt ist die Woge von Courbet. Mehr sagt das Seestück von Breughel darüber aus. Aber das sind alles nur winzige Ausschnitte.

Man braucht nicht einen Taifun im großen Ozean mitgemacht zu haben, um etwas von der Furchtbarkeit des Meeres zu ahnen, um zu spüren, daß da etwas ist, was sich nicht mehr in der Gewalt hat, etwas Unberechenbares, Tobsüchtiges, völlig außer Rand und Band Geratenes, wild Umsichschlagendes, Blindwütiges: die zornige Auflehnung der Natur gegen den ewigen Zwang, Natur zu sein.

Es genügt, bei einem mittleren Wellengang ein paar Schritte vom Strand entfernt eine sich überschlagende Woge auf die Schultern zu nehmen, was freilich ganz herrlich ist, dieses Überströmtsein von Kraft, um zu spüren, welche unwiderstehliche Gewalt mit dir spielt, während du meinst, mit ihr dein Spiel zu treiben. Wonne und Schauder ergreift dich zugleich, und die Verlockung, die Überredung der Tiefe ist groß. Sie ist eine Urerinnerung daran, daß wir aus dem Meere kommen und nicht viel mehr als gestaltgewordenes Wasser sind. »Unsere Tränen«, schrieb ich einmal, »sind eine Erinnerung an das Meer, aus dem wir stammen.«

Der ungelehrte Badegast beachtet die Gezeiten und richtet sich nach dem Flutkalender. Denn wenn es auch bei Ebbe so aussieht, als habe sich nichts in dem unermüdlichen Bestreben, dem »rollenden Angriff« des vielen Wassers geändert, aufs Land zu wollen, so als müßten die Wellen den Schwimmer, ob er will oder nicht, schließlich an den rettenden Strand werfen, wirkt doch der unheimliche Sog der Ebbe und zieht den Ermattenden unwiderstehlich hinaus.

Ohnmächtig erscheint manchmal das Meer in der starrköpfigen Beharrlichkeit seines Ansturms. Aber es gewinnt dennoch an Land. Die unaufhörliche Schlacht geht um jeden Fußbreit Bodens. Längst ist die Insel in die Defensive gedrängt. Den Strand zu halten, wurden daher jene palisadenartigen Buhnen gebaut, mächtige Pfähle in den Sand gerammt, ein gutes Stück ins Meer hinaus. Auch mit Eisenträgern hat man es versucht. Aber man muß es sich nur einmal ansehen, wie das Meer auch mit ihnen fertig wird, sie verbiegt und zerbeult.

Schmackhafte Miesmuscheln haben sich an den Buhnen angesiedelt und umgeben sie mit einem seltsamen blauschwarzen Panzer. Wehe dem Badenden, den die Wellen gegen den Muschel-Panzer werfen! Aus vielen kleinen Wunden wird der Leichtsinnige dafür bluten müssen.

Manchmal muß sich auch das Meer ausruhen. Es liegt dann da wie ein nasser Putzlumpen, und wer es zum ersten Mal in solcher Faulheit sieht, wird enttäuscht sein. Aber am anderen Tag kann es sich schon völlig verwandelt haben. Es hat viele Gesichter und Gewänder, kann blau sein wie die Adria und unheimlich schwarz wie die Nacht, ganz sanft und ebenso wild, heute ein Spiegel der Wolken und der Sterne, morgen wie eine tobende Menschenmenge: Masse Meer, launisch, bösartig und tieftraurig.

Man wird nicht müde, es anzuschauen, und fühlt sich wieder angesehen von ihm. Allmählich bringt man eine gewisse Ordnung in die fließenden Ornamente des Gischts, in das Spiel der Wogen, auf denen zart gekräuselte Wellen zurücklaufen, und in die Farben und in die Bewegung. Man lernt es sozusagen mit Zeitlupe zu sehen.

Das große Meer! Es reicht um die ganze Erde und ist ein unaufhörliches Hervorbringen und Vernichten. Es ist ein Meer von Leben und Leiden. Aber es reinigt sich immer wieder von der Verwesung. Jedes Mal, wenn ich es wiedersehe, tauche ich einen Finger ins Wasser und koste davon. Ungeachtet all dessen, was darin lebt und stirbt, all der Fische, Haie, Krebse, Seepferdchen, Muscheln, Algen, Quallen, all der lebendigen und toten Kreatur, liebender, raubender, fressender und gefressen werdender Lebewesen, dieser klare, kleine Tropfen Meer an meinem Finger schmeckt säuberlich nach Salz.

Klarer Tag

Der Himmel leuchtet aus dem Meer;
ich geh und leuchte still wie er.
Und viele Menschen gehn wie ich,
sie leuchten alle still für sich.
Zuweilen scheint nur Licht zu gehen
und durch die Stille hinzuwehn.
Ein Lüftchen haucht den Strand entlang:
o wundervoller Müßiggang.

Richard Dehmel

Den Puls des eigenen Herzens fühlen.
Ruhe im Innern,
Ruhe im Äußern.
Wieder Atem holen lernen,
das ist es.

CHRISTIAN MORGENSTERN

MB

Rainer Maria Rilke

Sonntag

Das war ... das war ... an der Ostsee. Ich kam von einem frühen Morgengang. Der Wald um mich her war still, ganz still. Auch mein Schritt verklang auf dem weichen, habitbraunen Waldboden. Nur die Luft war voller Vogelsang. — Schulterhohe Farren prahlten mit perligem Tauschmelz. Die steifen Stämme glühten, und ihre hohen Kronen schwankten lautlos her und hin, als wollten sie den weiten Himmel blank scheuern. — Und der war doch so klar.

Jetzt tauchte das Dorf auf. Viel weißer waren die kleinen Häuser als sonst, und ihre moosbewimperten Augen, die Fenster, blinzten viel heller. — Und der Kirchturm mit dem roten Zwiebeldach — drollig: Der sah aus wie ein stämmiger, kerngesunder Pausback. — Drüben die Straße, schimmerkiesig, und die Meilensteine, an ihrem Ranfte im Grünen, wie Kinder im Hemdchen, die knien und beten! — Nicht?

Beten, ja! Dank beten.

Ich ging durch die Gassen. Hart vor mir war der Morgen hier gegangen. Ich sah seine goldene Sohlenspur. Rechts bald, bald links hinter hellgrünen Latten standen sonnenhaarige Mädchen. Sie sangen und schnitten Rosen, sich damit zu schmücken. —Wir lachten und nickten uns zu. Und aus den Fenstern lugten freundliche, uralte Mütterchen zum Himmel hinauf mit lichtmatten, aber lachenden Augen. Kinder standen im Hemde am Türpfosten. Sie klatschten in die Hände, und ihre beiden pfirsichroten Backen waren voll Sonntagskuchen ...

Dann stand ich am Meer. Das Meer war wie violenblauer, schwerer Atlas. Ein winziges ockergelbes Segel sonnte weit draußen, und am Horizont zog wie ein silberweißer Schwan der große Rügendampfer …

Ich staunte hinaus in die flimmernde Pracht. Wie ein Kind, das ein schönes Spielzeug erhalten hat, hätte ich alle rufen mögen, die mir lieb sind: »Kommt und seht, ist das nicht — herrlich?!«

Dabei war meine Brust voll Jubel und Lachen.

Ein brauner, alter Fischer kam just des Wegs. Ich eilte hinzu und drückte seine schwielenharte Hand, dass es mich schmerzte …

Ja, das war an der Ostsee. — Hab damals übrigens fleißig Tagebuch geführt. An diesem Tage schrieb ich in mein Heft: »Ein Sonntag …!« Kein Wort mehr. —

Julius Rodenberg

Stillleben auf Sylt

1859

Westerland, am 10. August

Hier sind wir am fernsten Nordseestrande. Ein kleines, friedlich stilles Haus unter den Dünen beherbergt uns. Die Wände sind weiß, die Decke ist niedrig; von den Fenstern lässt nur eines halb sich öffnen, die andren sind fest zugenagelt, denn scharf streicht der Wind über Sylt. Unser Blick geht südwärts auf die weite, breite Heide. Einzelne Häuser sind hier verstreut, andere liegen dort beisammen. Wie einsam ist es auf Sylt! Am Abend, als ich ankam, und ein Rauschen, halb des Meeres, halb des Windes, auf dem sanften Rasenboden aber keines Menschen Tritt gehört ward, während mich das Geheimnis der Dunkelheit und des Ungekannten umgab: Da hatte ich die Empfindung, als könne man hier ein neues Leben voll schweigender Glückseligkeit beginnen.

Hinter uns liegen die Dünen, bleiche, traurige Hügel mit wehendem Schilf und Riedgras. Unter den Hügeln ist das Meer – weit, breit und gelbgrün gleich der Heide. Aber wie wettert es auf der Meeresheide! Immer Wellen, immer Wind. Die Brandung rollt gegen die Dünenhügel, zeichnet ihre fantastischen Linien in den feinen weißen Sand und lässt Muscheln, bunte Steine und milchweiße Kiesel zurück, wenn sie geht; Spielwerk aus dem Meeresgrund für die Kinder. Wir sehen es, wir heben es auf, wir schleudern es wieder in die Flut zurück. Wir werden selber Kinder am Meeresstrand.

Am 16. August

Das Nordseebad Westerland besteht jetzt drei Jahre. Es will mir nicht einleuchten, warum man erst vor drei Jahren auf den Gedanken kam, hier zu baden. Der Strand an der ganzen Küste hinauf ist vortrefflich; er senkt sich flach und bequem und der Grund ist weicher Sand- und Muschelboden. Das Wasser kann nicht besser und kräftiger sein; hier rollt die breite Woge des Nordmeeres heran, von keiner Insel mehr gehemmt, von keinem letzten Ausläufer des Landes eingezwängt, nur die Sandbänke, die vor unserem Strande liegen, zerreißen ihre ruhige Fläche, und schaumspritzend, in immerwährender Brandung stürzt sie sich auf den Sand, wo wir sie erwarten. Dieses heilkräftige Wellenspiel ist vom Winde nicht abhängig; die See kann blau sein und sonnig vom goldenen Morgen schimmern, ohne dass der Wogenbruch fehlt, der dann wie ein silberner, vielfach gewundener Streif den Biegungen der Küste folgt. Wenn nun aber dunkles Gewölk die Fernsicht beschränkt, wenn der Regen über dem dumpfen Meere steht und der westliche Wind in die trübe Masse von Nebel und Wasser braust: Dann scheint die Brandung zu rauchen, wirbelnd überstürzt eine Welle die andere, der aufgewühlte Boden mischt seine rötlichen Bestandteile mit dem dunkelgrünen Schaume und ein donnerartiges Getöse den Strand entlang verkündet die schwere See.

Mein einziger Umgang unter den hiesigen Badegästen ist ein Müller aus Mecklenburg und ein Wattenfabrikant aus Westfalen. Die guten Leute wissen nicht, wie sie hierhergekommen sind; ich weiß es auch nicht. Aber es tut mir wohl, von Mehl und Watten und Packeseln und Kleinstädtern sprechen zu hören; ich fühle mich in die Sphäre und die Räume meiner Kindheit zurückversetzt, und das vollendet das Glück und den Frieden, dessen ich hier vollauf genieße.

Unser Lebenslauf ist höchst einfach und ein Tagewerk gleicht dem andern. Wir stehen in früher Morgenstunde auf, und noch halbwarm vom Schlummer und Traum der Nacht stürzen wir uns in den Schaum des Meeres und fühlen uns mit eins gekühlt und gestärkt. Dann gehen wir den Strand entlang und sehen, was die letzte Flut gebracht hat. Etwas Tuul – jene schwarzen Torfreste der Wälder von Altsylt – pflegt jedes Mal da zu sein. Auch an Quallen fehlt es nicht: blaue Mollusken mit schönen, bunten Rändern. Manche Flut wirft Tausende zugleich aus; es ist schwer, diesen weichen Klumpen beim Gehen auszuweichen, oft sogar beim Baden schlägt eine Welle sie heran und man fühlt noch lange ein Brennen an dem Fleck, wo das giftige Halbtier gesessen. Bunte Muscheln, zarte Kiesel liegen vor uns ausgestreut. Einjährige Möwen, an den grauen Flügeldecken zu erkennen, spazieren durch das stehen gebliebene Wasser in den Strandrinnen; weiße Möwen schweben in breitem Fluge aus den Dünennestern dem Meere zu und noch lange bleibt ihre Schar wie eine Silberflocke über der blauen Tiefe sichtbar. Auch der Strandläufer stelzt zuweilen eilfertig an uns vorbei; aber der Sand, der unter unsern Tritten knirscht, scheucht ihn auf und seewärts fliegt er. Je nach dem Winde und der Richtung des Flutstroms finden sich Pflanzen aus den verschiedenen Regionen und Distrikten des Meergrundes. Schwarze, traurige Gewächse oder braune und zäh wie Leder, mit langen Fäden, harten Glocken und verworrenen Büscheln, an denen Sand klebt. Aufgeplatzte Rocheneier – lederartig und mit Spitzen versehen – hängen dazwischen. Die rötlichen Schalen der Hummer und des Seekrebses brechen unter unseren Sohlen.

Nun ist es Frühstückszeit und über die Dünen gehe ich zurück. Mein Haus ist das erste unter den Dünen. Brigitte hat den Tisch mit einem sauberen Leinen bedeckt, der Kaffee ist fertig, Brot, Butter und Eier sind da und die beste Milch. Eine Kerze steht zum Anzünden bereit; daneben liegt die frische Tonpfeife mit der Siegellackspitze und in einem bunten Schälchen holländischer Rauchtabak. Welch eine Lust, wenn die bläulichen Duftwolken emporkräuseln! Wenn das Meer von Ferne rauscht; durch das eine, halb offene Fensterchen die Morgensonne, die Morgenluft strömt; wenn der Blick auf die ruhige Heide geht, mit einigen Schafen, hier und da, mit werdenden Kühen und einem oder zwei Sylter Mädchen, die fern auf den Fußsteigen durch die Wiesen schreiten. Alles ist lautlos, alles ist still; auf dem weichen Rasenboden ist kein Tritt zu hören. Nur Meeresrauschen, Windesrauschen, das Blöken des Schafes, der Ruf der Kuh, das Gackern der Hühner – nichts vernehmbar als die Haushaltstimmen der Natur.

Am 18. August

In der heißen Mittagsstunde lieb ich es, zu den Ringhügeln zu gehn. Sie liegen seitab von meinem Häuschen, fern in der Heide, unter den Dünen. Ich sehe ihre sanften Wellen, wie sie sich mit dem spärlichen Grün ihrer Moosbekleidung gegen das matte Blau des Augusthimmels erheben. Mein Weg geht zuerst über Stoppelfelder, in welchen ein Weib arbeitend an der Erde kniet oder ein Schaf weidet. Dann kommt der weiche Heideboden, mit seinem Geruch, wie der des Kirchhofs meiner Heimat; mit jenen gelb-rötlichen, kleinen Blumen, unter denen ich in meiner ersten Jugend auf den Hügeln, so gerne träumte. Die schönen, lächelnden Geister der Kinderzeit kommen und begleiten mich, hier an dem letzten Küstenrande der einsamen See, zu den gespenstischen Bramhügeln.

Ich ersteige die mäßige Höhe und sehe nun, durch eine Senkung in den Dünen, einen Streifen blauen Gewässers, das vom

Mittagsglanze schillert; ich sehe nordwärts im heißen Dufte, der sich, von dem Aushauch der Blüten voll, berauschend ausdehnt, eine gestaltenreiche Niederung – Heidegräber, Dünenhügel und neblige Täler dazwischen und ein Dorf, dessen zerstreute Hütten auf dem traumhaft blauen Hintergrunde zu verdämmern scheinen. Kein lebendes Wesen, kein Wandersmann ist zu sehen, nur das Rauschen des Meeres wandert leise von Düne zu Düne, und sein kühler Atem, der sich flüsternd im Kraute verliert, streift zuweilen die Stirne des Ruhenden.

Solch ein tiefer Frieden waltet hier oben! Das Herz ruht am Herzen der Natur, und über dem Haupte geben sich stille Blumen die Hände und nehmen, schon jetzt, in ihren sanften Bund den Erdenpilgrim auf. Zwar mahnt noch manches an Umkehr ins stürmische Leben. Wie ein Schatten wandelt die Feindschaft vorüber; wie ein Rosengewölk gegen Abend gaukelt Freundschaft und Liebe dahin und manch ein blonder Engelskopf in ihrem Gefolge. Aber die Seele lächelt, indem sie die Erscheinungen sieht, und sie empfindet es, wie sanft sich's dereinst unter Blumen ruhen wird! –

Die Ringhügel sind mir darum lieb geworden, und die Mittagsstille wird mir hier nie gestört. Denn die Leute fürchten sich vor der Nähe derselben, weil diese Anhöhen ehedem von den Hexen als Zusammenkunftsorte benutzt worden und ihre Geister noch immerdar um die Moosfläche rundfahren. Ich aber, in der Einsamkeit der tiefstillen Insel, suche die andere Einsamkeit der Gespensterhügel und freue mich der Visionen, die, von der brütenden Mittagssonne und dem aufsteigenden Moderduft der Heide geboren, meine Träume beleben.

Halbwach erhebe ich mich zuletzt und wandle – mir selber vorkommend wie ein Schatten, der über die breite, weite Heide schwankt – den Häusern von Westerland entgegen. Einzeln, hier und da, von der Windmühle herauf – deren Flügel sich matt drehen – bis zu den weißen Dünen liegen sie unter der Gleichmäßigkeit der hohen Sonne, wie ausgestorben und von allem Leben verlassen, eines wie das andere; und verwirrt von dem Lichtglanz der Fläche, dem melancholischen Stillstand der Landschaft, dem betäubenden Dufte des warmen Windes und dem schlaftrunknen Rauschen der See würde ich das meine nicht finden, wäre es nicht um meinen ehrlichen Schlafrock, welchen zu dieser Zeit Brigitte vor die Tür zu hängen pflegt und welcher mir alsdann mit dem Rot seines Unterfutters ganz in schwere Sonnenglut getaucht als ein Signalfeuer der Heimkehr leuchtet.

Am 8. September

Zum letzten Male sitze ich im Morgensonnenschein auf dem Rasen und sehe mir das Häuschen mit seiner grünen Bogentür, seinen vier Fensterchen, seinem Strohdach an, unter welchem ich so viel Tage der Einsamkeit, des Friedens und der Rückkehr zu mir selber gefeiert habe. Dort an den Dünen weiden ein paar Schafe, dort über die Heide – das weiße Tuch fest um den Kopf geschlungen, eine hohe starke Figur, eine wahre Lady Macbeth-Gestalt – geht Jungfrau Brigitte Marlo. Dankbar und gerührt nehm ich Abschied von dem einen und dem anderen; von dem Meer, von den Hügeln, von der Heide, von den Menschen, welche ihre stillen und ernsten Bewohner sind. Ich habe viel von ihnen gelernt; aus ihrem Leben, das ohne Leidenschaft und Verbrechen, aber voll großer Sorgen und immerwährender Gefahr, aus ihrer Geschichte, die ohne Bedeutung ist für die heutige Welt, aber ihr ein Muster sein könnte in der Standhaftigkeit ihrer Kämpfe, nehme ich einen Schatz der Erinnerung mit mir.

Anne Morrow Lindbergh

Der Strand

Der Strand ist nicht der rechte Ort zum Arbeiten, zum Lesen, Schreiben oder Denken. Das hätte ich aus früheren Jahren noch wissen müssen. Er ist zu heiß, zu feucht, zu weich für jede wirkliche gedankliche Disziplin oder geistige Einfälle. Man lernt es nie. Hoffnungsvoll nimmt man den verblichenen Strandbeutel her, vollgestopft mit Büchern, Schreibpapier, überfälligen Briefschulden, frisch gespitzten Bleistiften und guten Vorsätzen. Die Bücher bleiben ungelesen, die Bleistifte brechen ab, und der Schreibblock ist weiterhin so frisch und unberührt wie der wolkenlose Himmel. Kein Lesen, kein Schreiben, nicht einmal ein paar Gedanken – jedenfalls nicht im Anfang.

Im Anfang beherrscht uns ausschließlich unser erschöpfter Körper. Wie an Bord eines Schiffes verfallen wir der Liegestuhl-Apathie. Gegen den eigenen Willen, gegen alle guten Vorsätze überwältigen uns die Ur-Rhythmen der Küste. Der Brecher auf dem Strand, der Wind in den Pinien, der träge Flügelschlag der Reiher über den Dünen lassen uns das hektische Pulsen der Städte und Vorstädte, der Fahrpläne und Terminkalender vergessen. Dem Zauber verfallen, dehnt sich entspannt der ruhende Körper. Man wird eins mit dem Element, auf dem man liegt, vom Meer hingestreckt; einsam, preisgegeben, leer wie der Strand, den die Flut von den Überresten des Gestern reingewaschen hat.

Und dann, an irgendeinem Morgen der zweiten Woche, erwacht der Geist und ersteht zu neuem Leben. Nicht im Sinne der Stadt – nein – in der Art des Strandes. Er beginnt zu wandern, zu spielen, sich in lässigen Windungen zu überschlagen gleich den trägen Wellen, die auf den Sand rollen. Man weiß nie, was für zufällige Schätze jene spielerischen unbewussten Brecher auf den glatten weißen Sand des Bewusstseins spülen werden; was für einen vollkommen gerundeten Stein, was für eine seltene Muschel sie vom Grund des Ozeans mitbringen. Vielleicht eine Wellhornschnecke, vielleicht eine Mondmuschel oder sogar eine Argonauta.

Aber man darf nicht danach suchen oder etwa gar danach graben! Nein, nur kein Schleifnetz über den Meeresgrund ziehen. Das würde unseren Zweck vereiteln. Das Meer belohnt jene nicht, die zu beflissen, zu gierig oder zu ungeduldig sind. Nach Schätzen zu graben beweist nicht nur Ungeduld und Gier, auch Mangel an Glauben. Geduld, Geduld, Geduld lehrt uns das Meer. Geduld und Glauben. Leer, offen und passiv wie der Strand sollten wir daliegen – das Geschenk des Meeres erwartend.

Alphonse Daudet

Der Leuchtturm von Sanguinaires

Diese Nacht habe ich nicht schlafen können. Der Nordwind blies wütend und seine laut schallende Stimme hat mich bis zum Morgen wach erhalten. Schwer bewegte meine Mühle die verstümmelten Flügel, durch welche der Sturm wie durch das Takelwerk eines Schiffes pfiff. Die ganze Mühle krachte; die Ziegel flogen von dem Dache. In der Ferne schwankten und brausten die dicht gedrängten Tannen, die den Hügel bedeckten, in dem nächtlichen Dunkel. Man hätte sich im offnen Meere wähnen können.

Das hat mir sehr lebhaft die schlaflosen Nächte in das Gedächtnis zurückgerufen, die ich vor drei Jahren dort unten auf der korsischen Küste am Eingange des Golfs von Ajaccio erlebte, als ich den Leuchtturm von Sanguinaires bewohnte.

Es war dies noch ein prächtiger Erdenwinkel zum Träumen und zum Alleinsein, den ich da entdeckt hatte.

Denkt euch eine rötliche Insel von wildem Ansehen; auf einer Spitze der Leuchtturm, auf der andern ein alter genuesischer Turm, auf welchem zu meiner Zeit ein Adler nistete. Unten am Rande des Wassers die Ruine eines Lazaretts, ganz von Unkraut überwuchert, dann Schluchten, Gebüsch, große Felsen, einige wilde Ziegen, kleine korsische mit fliegender Mähne herumjagende Pferde; endlich da oben, ganz oben in einem Wirbel von allerhand Seevögeln das Gebäude des Leuchtturms mit seinem flachen Dache, auf dem die Wächter hin und her gehen, die grüne Tür mit ihrem Spitzbogen, der kleine eiserne Turm und darüber die große Laterne mit ihren Facetten, die in der Sonne blitzen und selbst während des Tages Licht verbreiten ... So habe ich die Insel des Sanguinaires heute Nacht im Geiste wieder gesehen, als ich meine Tannen brausen hörte. Bevor ich meine Mühle besaß, zog ich mich zuweilen auf diese verzauberte Insel zurück, wenn ich mich nach freier Luft und Einsamkeit sehnte.

Was ich dort tat?

Was ich auch hier tue, noch weniger sogar. Blies der Nordwest oder der Nord nicht gar zu stark, so setzte ich mich zwischen zwei Felsen an der Brandung des Meeres nieder mitten unter Möwen, Rohrdommeln und Lerchen und blieb dort fast den ganzen Tag in jener Art von Erstarrung und angenehmer Erschlaffung, welche die Betrachtung des Meeres hervorbringt. Ihr kennt ja wohl diese angenehme Trunkenheit der Seele. Man fühlt sich eins mit der tauchenden Möwe, mit der Flocke Schaums, welche im Sonnenschein zwischen zwei Wogen glänzt, mit dem weißen Rauch des dahinsegelnden Paketbootes, mit dem roten Segel des Korallenfischers, mit dieser Wasserperle, mit jenem Nebelstreifen, während des Bewusstsein der eignen Persönlichkeit vollständig in den Hintergrund der Seele zurückgedrängt ist ... Ach! Was habe ich auf meiner Insel für glückliche Stunden des halben Schlafs und der Selbstvergessenheit durchlebt! ...

Narzissen am See

Ich ging allein, den Wolken gleich,
die über Tal und Hügel fliegen,
da sah ich jäh vor mir ein Reich
von goldenen Narzissen liegen.
Am See auf waldgesäumter Wiese
wogten im Tanz sie in der Brise.

Wie nachts am Firmament der Schein
sich flimmernd dehnt zu ferner Flucht,
erstreckten endlos ihre Reihn
sich am Gestade einer Bucht.
Zehntausend warns auf einen Blick,
keck warfen sie den Kopf zurück.

Die Wellen tanzten mit, doch sie
warn heitrer als der Wellen Glanz.
Ein solches Bild von Harmonie
füllt eines Dichters Seele ganz.
Ich sah und sah, kaum dass ich dachte,
wie reich mich dieser Anblick machte.

Oft, wenn auf meiner Couch ich ruh,
in heitrer oder trüber Zeit,
blitzt mir ihr Bild von innen zu,
beseligt meine Einsamkeit.
Dann jauchzt mein Herz, neu hingerissen,
und tanzt vergnügt mit den Narzissen.

William Wordsworth

Sławomir Mrożek

Der See

Ich rudere. Die Ruder tauchen ins Wasser, und wenn sie wieder auftauchen, ist das Wasser immer noch dasselbe, es schadet ihm nicht. Die gelben Sumpfdotterblumen schwimmen auf mich zu, oder ich schwimme auf sie zu. Sie biegen sich, wenn sie unter die Ruder geraten, verlieren aber nicht das Gleichgewicht. Auch ihnen schadet es nicht. Eine seltsame Sache, ich schade niemandem, und das ist mir angenehm.

Ein Sommertag, hier der See und dort der Himmel. Sie schaden sich gegenseitig nicht, aber sie sind da. Die Ruder knirschen in den Dollen, doch ihr Laut ist am Platze. An seinem Platze. Auch ich sollte sozusagen hier sein, obwohl ich nicht muss. Ein Muss gibt es nicht, aber da ich nun einmal hier bin, ist alles in Ordnung.

Ich komme von nirgendwo und strebe nach nirgendwo. Das heißt, ich beeile mich nicht und rudere auch nicht langsam. Ich gleite jenseits dieser Worte. Vielleicht ist es deshalb so angenehm? Doch warum darüber nachdenken — eine unnötige Angewohnheit. Und was hätte ich davon, auch wenn ich zu der Erkenntnis käme, warum es so angenehm ist? Vermutlich nichts, es könnte nur weniger sein, denn wäre ich mit Erkenntnis beschäftigt, würde ich die Weide nicht sehen, wie sie, über das Ufer geneigt, ihre zarten grünen Zöpfe — sozusagen — ins Wasser taucht. Und nicht die drei graubraunen Vögel mit den saphirblauen Hälsen, die sich ab und zu über das Röhricht erheben und dann und wann ihre Hälse unter Wasser tauchen. Und obwohl sie Vögel sind, wird ihnen niemand vorwerfen, dass sie auf dem Wasser sind und nicht in der Luft. Wenn sie Lust haben, werden sie auffliegen.

Es ist wohl Nachmittag, aber kein später, die Sonne steht hoch, ist aber höflich, denn sie brennt nicht genau auf den Kopf, man ist in der Sonne, aber untersteht ihr nicht.

Nur das Licht wird irgendwie unangenehm, trübe und scharf zugleich, das Wasser hart, die Vögel sind fort, der See ist fort, ich sitze auf dem Stuhl und rudere, doch ohne Ruder. Neben mir steht ein Herr im Frack und streckt mir die Hand hin. Und vor mir sind viele Menschen, sie sitzen in Reihen und lachen.

»Danke«, sagt der Hypnotiseur zu mir. Und dann zum Saal: »Wer von Ihnen ist der Nächste?«

Ich versuche es noch einmal mit den Händen, wenn auch ohne Ruder und ohne irgendetwas, noch mehrmals. Immer lauteres Gelächter im Saal. Darum höre ich auf, erhebe mich und steige unter großem Gelächter von der Bühne herab.

Im Kopf schwindelt es mir. Sobald das vergangen ist, werde ich versuchen zu verstehen, worüber sie eigentlich lachen.

MB

Wasserfahrt

Manchmal nachts an Meereswogen
steht ein Kind, des Sehnens voll:
Dann kommt ein Delfin gezogen,
trägt das Kind durchs Flutgeroll.
Meerfraun steigen auf im Kreise,
hoch der Mond am Himmel schwebt,
und sie schaun's und murmeln leise:
„'s ist ein Stern, der wandern geht."

THERESE DAHN

Gustav Falke

Strandidyll

Auf dem Rücken im warmen Sand,
nie ein schöneres Lager ich fand.
Murmelnde, kichernde Wellen zu Füßen,
oben im Wind ein Lispeln und Grüßen
schwankender Halme und leises Gesumm
sammelnder Bienen, sonst Stille ringsum.
Ja, ringsum!
Nur selten, bald ferne, bald nahebei
ein Möwenschrei.

Durch das halb geöffnete Lid
blinzelt das Auge hinüber zum Ried.
Blendendes, zitterndes Sonnengegleiße;
Schmetterlingsspiele. Blaue und weiße
Kinder der Stunde. Nun löst aus der Schar
sich ein bläulich geflügeltes Paar,
Liebespaar!
Das schaukelt und gaukelt und flügelt und gibt
sich sehr verliebt.

Plötzlich, ei fällt denn der Himmel ein?
Weitet sich, breitet sich bläulicher Schein.
Lässt sich das zärtliche Pärchen nieder
frech mir gerad auf die Augenlider?
Aber schon merk ich's am salzigen Geruch,
und schon fühl ich's am derben Tuch,
Schürzentuch,
und hör es am Lachen, die Grete, die Katz,
beschlich ihren Schatz.

Seit an Seit und Hand in Hand,
Schäferstündchen am stillen Strand.
Schmeichelnder Wind und schäkernde Wellen;
Faltergeschwirr im zitternden, hellen
Sonnengeflirr überm Dünenhang;
irgendwoher ein verwehter Klang,
Glockenklang,
und Hundegebell und das klägliche Muh
einer einsamen Kuh.

Selma Lagerlöf

Nils Holgerssons wunderbare Reise mit den Wildgänsen

Weder die wilden Gänse noch Reineke Fuchs hatten sich gedacht, dass sie einander jemals wieder begegnen sollten, wenn sie erst Schonen verlassen hatten. Aber nun traf es sich ja so, dass die wilden Gänse den Weg über Blekinge nehmen mussten, und dahin hatte sich Reineke Fuchs ebenfalls begeben. Anfangs hatte er sich in dem nördlichen Teil aufgehalten, und er hatte bisher weder die Schlossparke noch die Tiergärten voller Rehe und leckerer Rehkitzchen gesehen. Er war so missvergnügt wie nur möglich.

Eines Nachmittags, als Reineke in einer einsamen Waldgegend nicht weit vom Rönneberger Bach umherstreifte, sah er eine Schar wilder Gänse durch die Luft ziehen. Er bemerkte sofort, dass die eine von den Gänsen weiß war, und da wusste er ja, mit wem er es zu tun hatte. Reineke machte sich sogleich daran, hinter den Gänsen drein zu jagen, ebenso sehr aus Verlangen nach einem guten Bissen, wie um sich an ihnen für all den Schaden zu rächen, den sie ihm zugefügt hatten. Er sah, dass sie gen Osten zogen, bis sie an den Rönneberger Bach gelangten. Dann wechselten sie die Richtung und folgten dem Bach nach Süden zu. Er begriff, dass sie einen Schlafplatz am Ufer des Baches suchen wollten, und er dachte, dass er wohl ein paar Stück von ihnen ohne große Schwierigkeit ergattern könne.

Aber als Reineke endlich den Platz erblickte, wo sich die Gänse niedergelassen hatten, sah er wohl, dass sie eine Stelle gewählt hatten, die so gut geschützt war, dass er nicht zu ihnen gelangen konnte.

Der Rönneberger Bach ist ja kein sehr großes oder starkes Gewässer, aber er ist doch sehr bekannt wegen seiner schönen Ufer. An mehreren Stellen bahnt er sich seinen Weg durch steile Felswände, die lotrecht aus dem Wasser aufsteigen und ganz mit Geißblatt und Faulbaum, mit Weißdorn und Erlengestrüpp, mit Ebereschen und Weiden bewachsen sind. Und es gibt kaum etwas Erfreulicheres an einem schönen Sommertag, als den kleinen dunklen Bach hinabzurudern und all das weiche Grün zu sehen, das sich in den rauen Felswänden festklammert.

Aber jetzt, als die wilden Gänse und Reineke an den Bach kamen, war es noch früh im Lenz, es war nasskalt und windig, alle Bäume standen kahl, und niemand achtete darauf, ob das Bachufer hässlich war oder schön. Die wilden Gänse priesen sich glücklich, dass sie unter so einer steilen Felswand einen schmalen Streifen Sand entdeckt hatten, gerade so groß, dass sie Platz darauf fanden. Vor ihnen der brausende Bach, der jetzt in der Schneeschmelze breit und reißend war, hinter ihnen die unerklimmbare Felswand und sie selber von herabhängendem Gras verborgen. Sie konnten es nicht besser haben.

***

Noch einmal mussten Akka und ihre Schar in die dunkle Nacht hinausfliehen. Glücklicherweise war der Mond noch nicht untergegangen, und mithilfe seines Scheines gelang es ihr, noch einen der Schlafplätze zu finden, die ihr dort in der Gegend bekannt waren. Sie folgte abermals dem glitzernden Bach gen Süden. Ohne sich niederzulassen, schwebte sie über Schloss Djupdal und über den dunklen Dächern von Rönneberg dahin. Aber ein Stück südlich von der Stadt, nicht weit von der See, liegt Bad Rönneberg mit Badehaus und Kurhaus, mit großen Hotels und Sommerwohnungen für die Kurgäste. Dies alles steht den ganzen Winter leer und öde, worüber alle Vögel genau Bescheid wissen, und gar manch eine Vogelschar sucht in strengen Sturmzeiten Schutz auf den Balkons und Veranden der leeren Häuser.

Hier ließen sich die wilden Gänse auf einem Balkon nieder und schliefen wie gewöhnlich sofort ein. Der Junge aber wollte nicht schlafen, denn er wollte nicht unter den Flügel des Gänserichs kriechen.

Der Balkon lag nach Süden, sodass der Junge Aussicht über die See hatte. Und da er nicht schlafen konnte, saß er da und beobachtete, wie schön es sich ausnahm, wenn Meer und Land sich hier in Bleking begegneten.

Nun können sich ja Meer und Land auf viele verschiedene Art begegnen. An vielen Stellen geht das Land mit flachen Wiesen voll kleinen Erderhöhungen an das Meer hinab, und das Meer nimmt das Land mit Flugsand in Empfang, den es zu Schanzen und Dünen auftürmt. Es ist, als könnten die beiden einander so wenig leiden, dass sie sich nur von ihrer allerschlechtesten Seite zeigen wollten. Aber es kann auch geschehen, dass das Land, wenn es nach dem Meer hinabgeht, eine Felswand vor sich aufrichtet, als sei das Meer etwas Gefährliches, und wenn das Land das tut, geht ihm das Meer mit erzürnten Brandungen entgegen, schäumt und bullert und schlägt gegen die Felsen und sieht so aus, als wolle es den Erdboden in Stücke zerreißen.

Aber in Blekinge geht es ganz anders zu, wenn Meer und Land sich begegnen. Da zersplittert sich das Land in Landspitzen und Inseln und Weiden, und das Meer teilt sich in

Buchten und Förden und Sunde, und daher kommt es wohl, dass es so aussieht, als begegneten sie sich in Freude und Eintracht.

Denke nun zuvörderst an das Meer! Weit da draußen liegt es öde und leer und schwarz und tut nichts weiter als seine grauen Wogen rollen. Wenn es sich dem Lande nähert, begegnet es der ersten Schäre. Über die macht es sich gleich zum Herrn, reißt all das Grün ab und macht sie ebenso kahl und grau, wie es selber ist. Dann begegnet es noch einer Schäre. Mit der geht es ebenso. Und noch einer. Ja, auch mit der geht es nicht anders. Sie wird entkleidet und geplündert, als sei sie unter Räuber gefallen. Aber dann kommen immer mehr Schären, und nun versteht das Meer wohl, dass das Land ihm seine kleinsten Kinder entgegensendet, um es zu Milde zu bewegen. Es wird auch freundlicher und freundlicher, je weiter es hineingelangt, rollt seine Wellen weniger hoch, dämpft seine Stürme, lässt das Grün in Rissen und Spalten stehen, teilt sich in kleine Sunde und Buchten und wird schließlich ganz in der Nähe des Landes so wenig furchteinflößend, dass sich kleine Boote darauf hinauswagen. Es kann sich gewiss kaum selbst wiedererkennen, so licht und freundlich ist es geworden.

Und dann denke an das Land! Es liegt so einförmig da, und ein Fleck gleicht dem andern. Es besteht aus flachen Feldern, hier und da mit einem Birkenhain dazwischen, oder auch aus langen waldbedeckten Höhenzügen. Es sieht aus, als dächte es an nichts weiter als an Hafer und Rüben und Kartoffeln und Tannen und Fichten. Dann kommt ein Fjord, der sich tief hineinschneidet. Es macht kein Aufhebens davon, sondern säumt ihn mit Birken und Erlen, ganz als sei er ein gewöhnlicher Süßwassersee. Dann kommt noch ein Fjord dahergefahren. Auch von dem macht das Land kein Aufhebens, aber er erhält dieselbe Bekleidung wie der erste. Nun aber beginnen die Fjorde sich zu erweitern und zu teilen. Sie zersplittern die Felder und Wälder, und dann kann das Land nicht umhin, sie zu beachten. »Ich glaube wahrhaftig, da kommt das Meer selber«, sagt das Land, und dann fängt es an, sich zu schmücken. Es bekränzt sich mit Blumen, schlängelt sich in Hügeln und Tälern und wirft Inseln ins Meer hinaus. Es will nichts mehr wissen von Fichten und Tannen, es wirft sie weg wie ein vertragenes Alltagsgewand und prangt stattdessen mit großen Eichen und Linden und Kastanien und mit blühenden Hainen und wird so zierlich wie ein Schlosspark. Und als es sich mit dem Meer begegnet, ist es so verändert, dass es sich selbst nicht mehr wiederzuerkennen vermag.

Das alles kann man ja nicht wirklich sehen, ehe es Sommer wird, aber der Junge konnte doch merken, wie mild und freundlich die Natur war, und ihm war ruhiger zumute als sonst während der Nacht.

***

Auf dem südlichen Teil von Öland liegt ein altes Krongut, das Ottenby heißt. Es ist ein ziemlich großes Gut, das sich quer über die Insel erstreckt, von einer Küste zur andern, und es zeichnet sich dadurch aus, dass es immer der Aufenthaltsort von großen Tierscharen gewesen ist. Im siebzehnten Jahrhundert, als die Könige nach Öland zogen, um zu jagen, war das ganze Besitztum nur ein einziger großer Tiergarten. Im achtzehnten Jahrhundert war hier ein Gestüt, in dem edle Rassepferde gezüchtet wurden, und eine Schäferei von mehreren Hundert Schafen. Heutzutage gibt es weder Vollblutpferde noch Schafe bei Ottenby. Stattdessen sind dort große Scharen von jungen Pferden, die in den schwedischen Kavallerieregimentern benutzt werden.

Es gibt wohl kein Gut im ganzen Lande, das ein besserer Aufenthaltsort für Tiere wäre. An der Ostküste entlang liegt die alte Schäferwiese, die über eine Viertelmeile lang ist, die größte Wiese auf ganz Öland, wo die Tiere grasen und sich so frei tummeln können wie in der Wildnis. Und da ist der berühmte Ottenbyer Hain mit den hundertjährigen Eichen, die Schatten gegen die Sonne spenden und Schutz gegen den scharfen Ostwind. Und dann darf man nicht die lange Ottenbyer Mauer vergessen, die von einer Küste zur andern geht und Ottenby von dem übrigen Teil der Insel trennt, sodass die Tiere wissen können, wie weit das alte Königsbesitztum sich erstreckt, und sich hüten, andern Boden zu betreten, wo sie nicht so geschützt sind.

Aber nicht nur an zahmen Tieren herrscht Überfluss auf Ottenby. Man sollte fast glauben, dass auch die wilden Tiere ein Gefühl davon hätten, dass auf einem alten Krongut sowohl wilde als zahme Tiere Frieden und gute Tage gewärtigen dürfen und dass sie sich deswegen in so großen Scharen dahin wagen. Nicht nur findet man dort noch Hirsche von dem alten Stamm, und nicht nur lieben Hasen und graue Enten und Rebhühner es, dort zu leben, sondern im Frühling und im Herbst ist es auch ein Ruheplatz für viele Tausende von Zugvögeln. Namentlich lassen sich die Zugvögel gern auf dem sumpfigen Oststrand unterhalb der Schäferwiese nieder, um dort zu weiden und zu ruhen.

Als die wilden Gänse und Nils Holgersson endlich den Weg nach Öland gefunden hatten, flogen sie wie alle die andern auf den Strand unterhalb der Schäferwiese nieder. Der Nebel lag dicht über der Insel wie vorher über dem Meere. Und doch staunte der Junge über alle die Vögel, die er nur auf dem kleinen Stück des Strandes, das er übersehen konnte, entdeckte.

Es war ein flaches Sandufer mit Steinen und Wasserlachen und einer Menge angespültem Tang. Hätte der Junge wählen können, wäre es ihm wohl kaum eingefallen, sich dort niederzulassen, aber die Vögel hielten es offenbar für ein wahres Paradies. Enten und graue Gänse gingen dort auf der Wiese und weideten, näher dem Wasser liefen Schnepfen und andere Strandvögel. Die Lummen lagen im Wasser und fischten, aber am meisten Leben und Bewegung herrschte auf den langen Tangbänken draußen im Wasser. Dort standen die Vögel dicht nebeneinander und pickten Würmer auf; deren gab es hier offenbar eine zahllose Menge, denn es schien nicht, als ertöne jemals Klage über Mangel an Nahrung.

Die allermeisten Vögel wollten weiter und hatten sich nur niedergelassen, um auszuruhen, und sobald der Anführer einer Schar der Ansicht war, dass er und seine Kameraden sich hinreichend erquickt hatten, sagte er: »Seid ihr jetzt fertig, sodass wir weiterkommen können?«

»Nein, warte, warte! Wir sind lange noch nicht satt!«, sagten seine Begleiter.

»Bildet ihr euch ein, dass ich euch so viel fressen lassen will, bis ihr euch nicht mehr rühren könnt?«, sagte der Anführer, schlug mit den Flügeln und machte sich davon. Aber es geschah mehr als einmal, dass er umkehren musste, weil er die andern nicht mitbekommen konnte.

Vor den äußersten Tangbrücken lag eine Schar von Schwänen. Die machten sich nichts daraus, an Land zu gehen, sondern ruhten sich aus, indem sie auf dem Wasser lagen und sich wiegten. Hin und wieder tauchten sie mit dem Halse unter und holten sich Nahrung vom Meeresgrunde herauf. Wenn sie etwas richtig Gutes ergattert hatten, stießen sie einen lauten Ruf aus, der fast wie ein Trompetenstoß klang.

Als der Junge hörte, dass am Meeressaum Schwäne lagen, eilte er auf die Tangbrücke hinaus. Er hatte nie zuvor wilde Schwäne aus einer solchen Nähe gesehen. Das Glück war ihm hold, sodass er ganz zu ihnen herankam. [...]

Am Uferrande entlang fuhren Möwen und Seeschwalben über dem Wasser hin und her und fischten. – »Was für Fische fangt ihr denn da?«, fragte eine wilde Gans. – »Das sind Stichlinge. Das sind öländische Stichlinge. Das ist der beste Fisch in der ganzen Welt!«, sagte eine Möwe. »Willst du einmal kosten?« Und sie flog auf die Gans zu, den ganzen Mund voll von den kleinen Fischen, und wollte sie ihr geben. – »Pfui! Huh! Glaubst du, dass ich solch Jux essen mag?«, sagte die wilde Gans.

Am nächsten Morgen war es noch immer ebenso nebelig. Die wilden Gänse gingen auf der Wiese und weideten, aber der Junge war an den Strand hinabgegangen, um Muscheln zu sammeln. Es waren genug davon da, und da ihm einfiel, dass er vielleicht morgen irgendwo hinkommen würde, wo er gar kein Essen bekommen konnte, beschloss er, sich einen kleinen Beutel zu machen, den er mit Muscheln füllen konnte. Am Ufer stand eine ganze Menge welken Röhrichts, das steif und zäh war, und nun machte er sich daran, einen Ranzen daraus zu flechten. Die Arbeit nahm mehrere Stunden in Anspruch, aber er war auch sehr zufrieden damit, als sie beendet war.

MB

Rudyard Kipling

Das Dschungelbuch

Die weiße Robbe

Junge Robben können ebenso wenig schwimmen wie kleine Kinder, aber sie ruhen nicht eher, bis sie es von Grund auf gelernt haben. Als Kotick sich das erste Mal in das Meer wagte, ging er natürlich zu weit hinein, und eine große Welle riss ihn in tiefes Wasser. Da zappelte er! Sein dicker Kopf zog ihn hinab, als trüge er einen Ziegelstein um den Hals, und seine Hinterfüße ragten hoch in die Luft, ganz wie es seine Mutter ihm so oft vorgesungen hatte. Hätte ihn die nächste Welle nicht wieder zurückgeworfen, so wäre er ohne Gnade jämmerlich ertrunken. Der Schrecken jedoch fuhr ihm in die Knochen und lehrte ihn, in Zukunft vorsichtig zu sein und die Ratschläge seiner Mutter zu befolgen. Er legte sich von nun an behutsam in eine der vielen Felsengrotten, in denen das Wasser ganz seicht war; die Wellen brachen sich an den Klippen und kamen zischend mit ihrem schneeweißen Schaum herbei, als ob sie etwas Großes ausrichten wollten, sie hatten aber nur noch so viel Kraft, Kotick für einen Augenblick hochzuheben. Es war eine Lust, in ihnen umherzuplanschen, und bei all dem Vergnügen vergaß Kotick nicht, scharfen Auslug auf das Meer zu halten, damit nicht plötzlich eine mächtige Welle ihn überraschte und hinwegschwemmte. Hatte er sich müde geplanscht, so kroch er auf den gelben Sand, machte ein Schläfchen und sprang wieder in die Wellen.

Endlich fühlte er sich im Wasser ganz und gar heimisch, und nun erst begann ein wahrhaft herrliches Leben. Jetzt fürchtete er die brausenden Wogen nicht mehr; er sprang mit seinen Kameraden mitten in den Gischt hinein und lachte, wenn die Wellen brüllten, als kämen sie, ihn und seine Genossen zu verschlingen. Und wie herrlich war es, oben, ganz oben auf dem weißen Kamm einer Welle pfeilschnell herbeizuschießen und dann mitten in all dem Schaum und Getöse hoch auf dem glitzernden Strande zu landen. Manchmal spielte er mit seinen Freunden »Ich bin der König im Schloss« – da ging's denn wie im Sturme über die schlüpfrigen, algenbewachsenen Felsen, durch die Luft ins Meer und wieder heraus auf die Klippen. Manchmal sah er dicht an der Küste eine lange Finnflosse aus dem Wasser hervorragen – das war Seemörder, der Haifisch, der gern junge Robben zu Mittag verspeist ... das heißt, wenn er sie fangen kann. Dann flüchtete Kotick mit seinen Genossen schnell wie der Blitz in das seichte Wasser, und Seemörder ruderte langsam davon, als hätte er sich's niemals träumen lassen, an die jungen Robben zu denken!

Spät im Oktober begannen die Robben, St. Paul zu verlassen und familienweise oder in zahlreichen Herden in die weite See hinauszuwandern. Das Kämpfen und Zanken um die Heimplätze hatte aufgehört, und die Holluschickie spielten jetzt überall umher, wo es ihnen beliebte.

»Nächstes Jahr«, sagte Matka zu Kotick, »wirst du ein Holluschickie sein, aber vorläufig musst du lernen, wie man auf Fischfang geht.«

Und dann machte sich auch Scharfzahn mit Weib und Sohn auf die weite, weite Reise quer über den Stillen Ozean. Matka zeigte ihrem Jungen, wie er auf dem Rücken schlafen konnte, die Füße sachte an den Bauch gelegt und mit der kleinen Nase gerade aus dem Wasser. Es gibt keine Wiege, in der es sich so urgemütlich träumen lässt wie auf dem Kamme einer mächtigen Woge im Ozean. – Als Kotick zum ersten Mal über der ganzen Haut ein sonderbares Kribbeln fühlte, sagte ihm seine Mutter, dass er nun eine »Sturmhaut« bekomme und dass das prickelnde Gefühl unter dem Felle böses Wetter bedeute.

»In solchem Falle musst du machen, dass du so schnell wie möglich davonkommst. Übrigens«, setzte sie hinzu, »du kannst vorläufig nichts Besseres tun, als blindlings dem alten Seeschwein zu folgen, denn es ist sehr weise und kennt sich aus wie kein anderer. Bald wirst du klug genug sein, deinen eigenen Weg zu finden.«

Bald darauf jagte eine Schar von Schweinsfischen springend und tauchend durch das Wasser.

»Hallo!«, keuchte Kotick, ihnen nacheilend. »Woher wisst ihr die Richtung, in der ihr gehen müsst?«

Der Leiter der Herde tauchte unter. Als er wieder hervorkam, war er weit entfernt, aber Kotick war im Augenblick an seiner Seite. »Wohl getan, Kleiner!«, rief er, die weißen Augen rollend. »Ich fühle ein Kribbeln in der Schwanzflosse, das bedeutet, dass Sturm hinter uns kommt. Bist du aber südlich vom heißen Wasser (er meinte den Äquator), dann bedeutet das Kitzeln in der Flosse einen Sturm von Norden. Komm mit uns! Es steht hier schlimm mit dem Wasser.«

Dies war eines von den vielen Dingen, die Kotick lernen musste, und immerzu lernte er Neues. Matka lehrte ihn, dem Dorsch nachzustellen und dem Heilbutt unter die Klippen zu folgen und allerlei Einsiedler aus ihren Schlupfwinkeln in dicht verschlungenen Seegewächsen hervorzuholen; sie zeigte ihm, wie man geräuschlos an den versunkenen Schiffen hundert Fuß unter dem Meeresspiegel entlanggleitet, um dann plötzlich wie eine Kanonenkugel durch die eine Luke hineinzuschießen, mitten unter die ahnungslosen Fische, und aus der anderen wieder hinaus. Sie lehrte ihn tanzen auf dem Kamm der Wogen, wenn Blitze über den Himmel zuckten; wie man mit der Flossenhand den stumpfschwänzigen Albatros höflich grüßte und den Kriegsfalken, wenn sie im Winde über das Meer segelten; wie man, gleich dem Delfin, vier bis fünf Fuß hoch über das Wasser springt, Padden fest angelegt und Schwanzflosse hochgestellt; dass man die fliegenden Fische in Ruhe lässt, weil sie nur Haut und Gräten sind; wie man tief unten im Wasser einen großen Fisch pfeilschnell anrennen und ihm ein mächtiges Stück aus der Schulter beißen kann; und dass man vor allem niemals anhält, wenn man ein Boot oder Schiff erblickt, besonders sich aber vor einem Ruderboot hütet. Als sechs Monate vergangen waren, wusste Kotick von der Jagd im Meere alles, was des Wissens wert war, und während dieser ganzen, langen Zeit fühlte er kein festes Land unter den Füßen.

Eines Tages schaukelte er sich schläfrig im warmen Wasser nahe der Insel Juan Fernandez; er fühlte sich matt und unruhig, ganz so, wie es den jungen Menschen geht, wenn der Frühling kommt. Da dachte er an den prächtigen festen Strand in der Bucht von Novastoschna, siebentausend Meilen entfernt; er sehnte sich zurück nach den lustigen Spielen mit seinen Kameraden und nach dem Dufte des Seetangs, nach dem Lärm und all dem Getümmel. Ganz unwillkürlich schlug er die nördliche Richtung ein; er ruderte und ruderte, und plötzlich sah er ganze Scharen seiner alten Spielfreunde, alle mit der Nase nach Norden.

»Hallo! Da bist du ja, Kotick!«, riefen sie ihm zu. »Hurra! Dieses Jahr sind wir alle Holluschickie, und wir können den Feuertanz tanzen, in den Brechern von Lukannon und spielen auf dem jungen Gras.«

MB

Sergio Bambaren

Der träumende Delphin

Dritter Teil

Am vierzigsten Tag, seit Daniel seine Insel verlassen hatte, hörte er bei Sonnenuntergang ein vertrautes Geräusch, das ihn sogleich in große Erregung versetzte. Ob es wirklich das war, was er annahm?

Es war lange her, daß jener Zauber ihn das letzte Mal gepackt hatte, und so schwamm er in die Richtung, aus der das Tosen kam.

Er wollte seinen Augen nicht trauen. Zweihundert Meter vor ihm türmte sich das Wasser über einem Riff, wie er es imposanter zuvor noch nie gesehen hatte, zu gewaltigen, hohl brechenden Wellen, die jedes Mal einen verlockenden Tunnel bildeten.

Die Größe der Wellen konnte er kaum einschätzen, aber seine Erfahrung sagte ihm, daß es eine sehr beachtliche Brandung war. Ohne zu zögern, schwamm Daniel auf das Riff zu und erwischte eine erste Welle. Bis die Nacht endgültig hereinbrach, war er einige Male gesurft und fühlte sich wieder quicklebendig.

In seiner Begeisterung hatte Daniel gar nicht wahrgenommen, wo er überhaupt gelandet war. Das Riff war die Verlängerung einer gewaltigen Felsenküste, die wohl zu einer Insel gehörte, die größer war als alles, was er jemals gesehen hatte.

Jetzt, da die Dämmerung den Himmel verdunkelte, bemerkte Daniel auch, daß Hunderte von Lichtern die Küste der Insel erleuchteten. Einige von ihnen bewegten sich nicht, während andere sich in einer Reihe hintereinanderher schoben, bald verschwanden und bald wieder auftauchten. Das überraschte ihn wirklich sehr. Er war an die Dunkelheit der Nacht gewöhnt und hatte gelernt, Mond und Sterne, die am Himmel leuchteten, zu lieben.

Es war ein langer Tag gewesen, und Daniel war sehr müde. Er würde erst am nächsten Tag versuchen herauszufinden, was diese Lichter waren; jetzt war es am wichtigsten, gut zu schlafen und sich morgen früh als erstes in die Wellen zu stürzen.

Daniel lächelte: »Ich fühle mich so, als würde ich morgen zum ersten Mal in meinem Leben wellenreiten, so lange ist es schon her. Ich bin schon zehntausend Mal gesurft und werde es wahrscheinlich auch noch zehntausend weitere Male tun. Ich weiß genau, daß ich es trotzdem nie satt haben werde — warum nur?«

Es gibt Dinge, die du mit den Augen nicht sehen kannst.
Du mußt sie mit dem Herzen sehen,
und das ist das Schwierige daran.
Wenn du zum Beispiel in dein Inneres blickst und spürst,
daß dort ein junges Herz schlägt,
werdet ihr beide mit deinen Erinnerungen
und seinen Träumen losziehen
und einen Weg durch jenes Abenteuer,
das man Leben nennt, suchen,
stets bestrebt, das Beste daraus zu machen.
Und dein Herz wird niemals müde werden
oder alt ...

»Wenn wir alle das, was wir tun, genauso angehen könnten, hätte unser Leben einen tieferen Sinn«, dachte er.

An diesem Abend ging Daniel schlafen, wie Träumer es tun: Den Blick voller Spannung auf die Zukunft gerichtet, das Herz überbordend vor Freude.

Er wußte, daß er am nächsten Tag wunderbar surfen würde, und dann wußte er gar nichts mehr.

Er schlief sofort ein.

Mit den ersten Sonnenstrahlen wachte er auf.

Auf den ersten Blick sah die Küste, die er am Abend zuvor entdeckt hatte, völlig anders aus. Die Lichter waren verschwunden, dafür standen gewaltige Gebäude am Rand der Klippen. Er nahm an, daß irgendwelche Lebewesen sie errichtet hatten, denn ihm war so, als bewege sich etwas an Land.

Sollte er versuchen herauszufinden, was da vor sich ging?

Auf keinen Fall, beschloß er. Er war mit einem klaren Ziel von weit her gekommen: in Erfahrung zu bringen, wer er war und wohin er ging, und durch die perfekte Welle den Sinn des Lebens zu finden. Das war sein Traum. Und so steuerte er wie geplant auf das Riff zu, um sich an diesem zauberhaften Ort, den er gefunden hatte, zum ersten Mal in die Wellen zu stürzen.

Die Dünung war offenbar in der vergangenen Nacht am stärksten gewesen, trotzdem gab es noch genug Wellen, auf denen man reiten konnte. Von der Küste her wehte ein leichter Wind, das Wasser war warm und auch die Luft. Mit so einer Brandung, die an die zwei Meter hochschlug, herrschten ideale Bedingungen.

Daniel erwischte seine erste Welle und merkte, daß sie sehr schnell hochschlug, ehe sie im flachen Wasser hohl über dem Riff brach. Er mußte gehörig aufpassen, um nicht gegen die rasiermesserscharfen Felsen des Riffs zu prallen. Die nächste Welle würde er sehr früh nehmen und parallel zum Ufer abreiten. Der erste Wellenabschnitt hatte großen Schub, und er mußte kräftig paddeln, um sie zu erreichen. Dann baute sich die Welle zu einer massiven, aber langsam voranrollenden Wand auf, an der er extreme Manöver ausprobieren konnte. Schließlich schloß die Welle ihn im letzten, sich überschlagenden Stück des Tunnels ein, so daß er das Gefühl bekam, selbst ein Teil des Meeres zu sein ...

Es war ein so faszinierendes Erlebnis, daß Daniel, wie immer beim Wellenreiten, jedes Zeitgefühl verlor. Immer wieder schwamm er zu seiner Ausgangsposition zurück und warf sich in die Wellen, bis er vollkommen erschöpft war.

Daniel Delphin war so glücklich wie seit langem nicht mehr. Endlich hatte er etwas gefunden, das all seine Bemühungen wert war. Jetzt spürte er mehr als je zuvor, daß es richtig gewesen war, den Schwarm und die Insel zu verlassen, um seinen Horizont zu erweitern.

Durch unsere Entscheidungen
definieren wir uns selbst.
Allein durch sie können wir unseren Worten und Träumen
Leben und Bedeutung verleihen.
Allein durch sie können wir aus dem, was wir sind,
das machen, was wir sein wollen.

Die Stunden vergingen wie im Flug. Daniel wußte zwar nicht, wie lange er schon auf den Wellen ritt, aber er begann, müde zu werden, und beschloß, noch eine letzte Welle zu nehmen und sich dann auszuruhen. Daniel nahm seine letzte Welle in Angriff, doch mitten in der Startphase verlor er plötzlich seine Konzentration und versank im Wellenhang. Er wußte, was nun passieren würde.

Die Welle brach über ihm zusammen und schleuderte ihn gegen den felsigen Grund. Er spürte, wie sein Schwanz und seine Flossen dagegen schlugen und sein Körper von einem Felsen zum nächsten prallte. Schließlich ließ die Welle ihn los. Zum Glück war er für dieses Mal ohne schwerere Verletzungen davongekommen.

Aber was hatte ihm die Konzentration geraubt?

Hatte er wirklich gesehen, was er meinte, gesehen zu haben?

Es war unmöglich, und so starrte er noch einmal hin.

Er konnte es nicht glauben. Fünfzig Meter von ihm entfernt, in derselben Brandung, erblickte Daniel Alexander Delphin ein sonderbares Wesen, das genauso auf den Wellen ritt, wie er selbst es tat, seit er denken konnte.

Der merkwürdige Surfer erwischte eine Welle und fuhr die gleichen Manöver, die Daniel sich in seinem Riff zu Hause erarbeitet hatte. Das Wesen war anders, aber sein Surfen war genauso schön ...

Dann fiel ihm noch etwas auf. Es war nicht nur ein Wesen, sondern es waren zwei; offenbar waren sie gemeinsam gekommen, um diesen wundervollen Moment im Meer miteinander zu teilen. Die Art, wie sie surften, deutete darauf hin, daß sie schon einige Erfahrung hatten.

Wirklich, diese Geschöpfe kannten sich im Wellenreiten aus. Bei jeder neuen Welle vollführten sie eine Reihe von gewagten Manövern, die jeden anderen Surfer nur inspirieren konnten.

So beschloß Daniel, die beiden auf die Probe zu stellen. Als die nächste Serie von Wellen nahte, schnappte er sich die erste, glitt senkrecht an ihrem Hang hinab und machte am Fuß eine Wende. Sofort paddelte einer der beiden Surfer los, warf sich, als diese schon sehr steil war, in die nächste Welle und stürzte im freien Fall an ihrer Wand hinab. Daniel fuhr seine besten Manöver, ehe er aus der Welle hinausschwamm. Der sonderbare Surfer war Daniel ebenbürtig.

Jetzt blieb ihm nur noch eins: die beiden ansprechen: »Und wer seid ihr, woher kommt ihr?«

Daniels Frage wurde nicht beantwortet, aber die beiden Surfer begannen, sich miteinander zu unterhalten.

»Hast du den Delphin gesehen?«

»Natürlich. Ich könnte schwören, daß er die gleichen Manöver versucht hat wie wir.«

»Das kann doch gar nicht sein. Woher soll ein Delphin das können?«

Darüber ärgerte sich Daniel sehr. »Wofür halten die sich eigentlich? Die sollten doch wissen, daß ich noch viel mehr kann.«

Dann wurde Daniel plötzlich bewusst, daß diese merkwürdigen Geschöpfe die Sprache der Delphine nicht verstanden. Während er verstehen konnte, was sie sagten, konnten sie die akustischen Signale, die er entsandte, nicht entschlüsseln.

Er bemerkte außerdem eine gewisse Überraschung in ihren Augen, sie hatten keine Angst vor ihm; er spürte sogar, daß er ihnen willkommen war.

Dann sprachen die beiden Wesen weiter miteinander, und Daniel hörte ihnen zu:

»Dieser Delphin muß ganz schön viel Zeit in den Wellen verbringen.«

»Mensch, wenn wir so atmen könnten wie er, dann könnten wir es wahrscheinlich genauso lange draußen in den großen Wellen aushalten.«

»Hüte dich vor einem Geschöpf namens Mensch«, schoß es Daniel wieder durch den Kopf.

Er geriet in Panik. Dies waren die Geschöpfe, von denen er gehört hatte und die vermutlich verantwortlich waren für all die Zerstörungen, denen er auf seiner Reise begegnet war. Er brachte die Lichter auf den Klippen jetzt mit den Lichtern in Verbindung, die jene schwarze Silhouette erleuchtet hatten, die dicht über dem Wasser zu schweben schien, Delphine tötete und das Meer zerstörte.

»Ist dies das Ende meiner Reise?«, dachte er. »Werde ich jetzt sterben?«

Da sprach das Meer zu ihm:

Dort, wohin du gehst,
gibt es keine Wege, keine Pfade,
du kannst nur deinem Instinkt folgen.
Du hast die Zeichen beachtet
und bist endlich angekommen.
Nun mußt du
den großen Sprung ins Unbekannte wagen
und selbst herausfinden:
Wer im Unrecht ist.
Wer im Recht ist.
Wer du bist.

Eine Stimme in Daniels Herzen sagte ihm, daß er, auch wenn er viel Schlechtes über dieses Geschöpf namens Mensch gehört und gesehen hatte, diesen beiden vertrauen konnte; denn er spürte, daß auch für sie das Wellenreiten eine Möglichkeit war, ihre Welt hinter sich zu lassen und ihre Träume auszuleben.

Daniel Delphin war so weit gekommen, weil er an sich selbst geglaubt hatte. Jetzt mußte er ein weiteres Mal seinem Instinkt vertrauen. So blieb er noch eine Weile, denn er spürte, daß etwas ganz Besonderes geschehen würde ...

Und dann sah er sie, sah, wie sie von Westen herannahte.

Es war die perfekteste Welle, die er jemals am Horizont hatte auftauchen sehen. Sie wälzte sich dem Riff entgegen, türmte sich auf, als sie den Korallengrund berührte, und bildete eine lange, hohl überfallende Wasserwand.

Daniel Delphin wußte, daß dies die Welle war, von der er geträumt hatte. Er schwamm los, um seine Startposition einzunehmen. Auch die anderen Surfer sahen die Welle und paddelten schnell an ihre Plätze. Sie erwischten die Welle alle drei, glitten senkrecht an ihr hinab und machten im Wellental eine radikale Wende. Daniel war als erster damit fertig und schleuderte seinen Körper wieder dem Wellenrand entgegen. Die anderen Surfer folgten ihm mit gewagten Richtungsänderungen und Manövern in der Gischt. Gegenseitig trieben sie sich bis zum Äußersten mit Manövern, die sie sich niemals zugetraut hätten. Während die perfekte Welle immer schneller voranrollte, begann sich das letzte Stück zu brechen, und die Surfer kamen der Erfüllung ihres Traums immer näher.

Sie brachten sich in Position und balancierten mit angehaltenem Atem zwischen Wellental und Kamm ...

Langsam und immer tiefer wölbte sich der Wellenrand über ihnen, bis sie dort angelangt waren, wovon alle Surfer träumen: im Tunnel.

Es war so, als hätte sich endlich einmal die universale Sprache des Traumes durchgesetzt. Denn unabhängig von ihrer Herkunft verstanden nicht nur Daniel Alexander Delphin, sondern auch die beiden anderen Surfer die Bedeutung dessen, was sie getan hatten.

Und das Meer sprach zu ihnen:

Einige Dinge werden immer stärker sein
als Zeit und Raum,
wichtiger als Sprache und Lebensart.
Zum Beispiel, deinen Träumen nachzugehen
und zu lernen, du selbst zu sein.
Mit anderen das wunderbare Geheimnis zu teilen,
das du entdeckt hast.

Daniel Alexander Delphin hatte an sich selbst geglaubt und war auf seiner Reise allen Zeichen gefolgt. Jetzt war er endlich auf der perfekten Welle geritten und hatte dabei herausgefunden, worin tatsächlich der Sinn seines Lebens bestand: zu einer glücklichen und erfüllten Existenz zu finden, indem er seinen Traum verfolgte. Er hatte die Grenze überschritten, jenseits derer Träume Wirklichkeit werden, eine Grenze, die nur sah, wer auf die Stimme seines Herzens hörte, und im Lichte dieser neuen Erkenntnis erschien Daniel Delphin sein Leben jetzt genau so, wie es sein sollte; und das gefiel ihm nicht nur, es begeisterte ihn ...

Die nächsten Tage verbrachte Daniel mit den beiden anderen Surfern im Riff. Sie surften aus bloßer Freude an der Sache, lernten voneinander und tauschten ihre Erfahrungen aus.

Bis er dann eines Tages das Gefühl hatte, daß es Zeit war heimzukehren. Nun konnte er zu seiner geliebten Insel zurückkehren, dorthin, wo seine Heimat war. Er hatte entdeckt, was er entdecken wollte; seine Suche war beendet. Es war Zeit, jene Wahrheit, die er herausgefunden hatte, an seinen Schwarm weiterzugeben.

MB

Hans Christian Andersen

Die kleine Meerjungfrau

Weit draußen im Meere ist das Wasser so blau, wie die Blätter der schönsten Kornblume, und so klar wie das reinste Glas. Aber es ist sehr tief, tiefer, als irgendein Ankertau reicht; viele Kirchtürme müssten aufeinandergestellt werden, um vom Boden bis über das Wasser zu reichen. Dort unten wohnt das Meervolk.

Der Meerkönig hatte sechs schöne Töchter, aber die jüngste war die schönste von allen, ihre Haut so klar und so fein wie ein Rosenblatt, ihre Augen so blau wie die tiefste See; aber ebenso wie die andern, hatte sie keine Füße; der Körper endete in einen Fischschwanz.

Draußen vor dem Schlosse war ein großer Garten mit feuerroten und dunkelblauen Blumen; die Früchte strahlten wie Gold und die Blumen wie brennendes Feuer, indem sie fortwährend Stängel und Blätter bewegten. Die Erde selbst war der feinste Sand, aber blau, wie die Schwefelflamme. Über dem Ganzen lag ein eigentümlich blauer Schein; man hätte eher glauben mögen, dass man hoch in der Luft stehe und nur Himmel über und unter sich habe, als dass man auf dem Grunde des Meeres sei. Während der Windstille konnte man die Sonne erblicken; sie erschien wie eine Purpurblume, aus deren Kelche alles Licht strömte.

Eine jede der kleinen Prinzessinnen hatte ihren kleinen Platz im Garten, wo sie graben und pflanzen konnte, wie es ihr gefiel. Die eine gab ihrem Blumenfleck die Gestalt eines Walfisches; einer andern gefiel es besser, dass der ihrige einem kleinen Meerweibe gleiche; aber die jüngste machte den ihrigen rund, der Sonne gleich, und hatte Blumen, die rot wie diese schienen. Sie war ein sonderbares Kind, still und nachdenkend; und wenn die andern Schwestern mit den merkwürdigsten Sachen, welche sie von gestrandeten Schiffen erhalten hatten, prunkten, wollte sie außer den rosenroten Blumen, die der Sonne dort oben glichen, nur eine hübsche Marmorstatue haben. Dies war ein herrlicher Knabe, aus weißem, klarem Steine gehauen, der beim Stranden auf den Meeresgrund gekommen war. Sie pflanzte bei der Statue eine rosenrote Trauerweide; die wuchs herrlich und hing mit ihren frischen Zweigen über derselben, gegen den blauen Sandboden herunter, wo der Schatten sich violett zeigte und gleich den Zweigen in Bewegung war; es sah aus, als ob die Spitze und die Wurzeln miteinander spielten, als wollten sie sich küssen.

Es gab keine größere Freude für sie, als von der Menschenwelt zu hören; die Großmutter musste alles, was sie von Schiffen und Städten, Menschen und Tieren wusste, erzählen; hauptsächlich erschien ihr besonders schön, dass oben auf der Erde die Blumen dufteten, denn das taten sie auf dem Grunde des Meeres nicht, und dass die Wälder grün wären, und dass die Fische, die man dort zwischen den Bäumen erblickte, laut und herrlich singen könnten, dass es eine Lust sei. Es waren die kleinen Vögel, welche die Großmutter Fische nannte, denn sonst konnten sie sie nicht verstehen, da sie noch keinen Vogel gesehen hatten.

»Wenn ihr euer fünfzehntes Jahr erreicht habt«, sagte die Großmutter, »dann sollt ihr die Erlaubnis erhalten, aus dem Meer emporzutauchen, im Mondscheine auf der

Klippe zu sitzen und die großen Schiffe vorbeisegeln zu sehen. Wälder und Städte werdet ihr dann erblicken!«

***

Nun war die älteste Prinzessin fünfzehn Jahre alt und durfte über die Meeresfläche emporsteigen.

Als sie zurückkam, hatte sie hunderterlei zu erzählen, aber das Schönste, sagte sie, sei, im Mondschein auf einer Sandbank in der ruhigen See zu liegen und die nah gelegene Küste mit der großen Stadt zu betrachten, wo die Lichter gleich hundert Sternen blinken, die Musik, das Lärmen und Toben von Wagen und Menschen zu hören, die vielen Kirchtürme zu sehen und das Läuten der Glocken zu vernehmen.

O! wie horchte die jüngste Schwester auf, und wenn sie später abends am offenen Fenster stand und durch das dunkelblaue Wasser emporblickte, gedachte sie der großen Stadt mit dem Lärmen und Toben; dann glaubte sie die Kirchenglocken bis zu sich herunter läuten hören zu können.

Im folgenden Jahre erhielt die zweite Schwester die Erlaubnis, aus dem Wasser emporzusteigen und zu schwimmen, wohin sie wolle. Sie tauchte auf, als die Sonne unterging, und dieser Anblick, fand sie, sei das Schönste. Der ganze Himmel habe wie Gold ausgesehen, und die Schönheit der Wolken konnte sie nicht genug beschreiben! Rot und violett waren sie über ihr dahingesegelt, aber weit schneller als diese flog, einem langen weißen Schleier gleich, ein Schwärm wilder Schwäne über das Wasser hin, wo die Sonne stand, Sie schwamm derselben entgegen, aber die Sonne sank und der Rosenschein erlosch auf der Meeresfläche und in den Wolken.

Das Jahr darauf kam die dritte Schwester hinauf. Sie war die dreisteste von allen, deshalb schwamm sie einen breiten Fluss, der in das Meer mündete, aufwärts. Herrliche grüne Hügel mit Weinranken erblickte sie; Schlösser und Burgen schimmerten aus prächtigen Wäldern hervor; sie hörte, wie alle Vögel sangen; und die Sonne schien so warm, dass sie oft unter das Wasser tauchen musste, um ihr brennendes Antlitz abzukühlen. In einer kleinen Bucht traf sie einen Schwarm kleiner Menschenkinder. Diese waren völlig nackt und plätscherten im Wasser; sie wollte mit ihnen spielen, aber die flohen erschrocken davon, und es kam ein kleines schwarzes Tier, ein Hund – aber sie hatte nie einen Hund gesehen –, der bellte sie so schrecklich an, dass sie ängstlich die offene See zu erreichen suchte. Doch nie konnte sie die prächtigen Wälder, die grünen Hügel und niedlichen Kinder vergessen, die im Wasser schwimmen konnten, obgleich sie keinen Fischschwanz hatten.

Die vierte Schwester war nicht so dreist; sie blieb draußen im wilden Meere und erzählte, dass es dort am schönsten sei! Man sehe ringsumher viele Meilen weit, und der Himmel stehe wie eine Glasglocke darüber. Schiffe hatte sie gesehen, aber nur aus weiter Ferne, die sahen wie Möwen aus; die possierlichen Delfine hatten Purzelbäume geschlagen und die großen Walfische aus ihren Nasenlöchern Wasser emporgespritzt, sodass es ausgesehen hatte wie Hunderte von Springbrunnen ringsumher.

Nun kam die Reihe an die fünfte Schwester; ihr Geburtstag war im Winter, und deshalb erblickte sie, was die andern das erste Mal nicht gesehen hatten. Die See sah ganz grün aus, und ringsumher schwammen große Eisberge; ein jeder erschien wie eine Perle, sagte sie, und war doch weit größer als die Kirchtürme, welche die Menschen bauen. Sie zeigten sich in den sonderbarsten Gestalten und glänzten wie Diamanten.

***

Wenn die Schwestern so des Abends, Arm in Arm, hoch durch das Wasser hinaufstiegen, dann stand die kleinste Schwester allein und sah ihnen nach; und es war ihr, als ob sie weinen müsste; aber die Meerjungfrau hat keine Tränen, und darum leidet sie weit mehr.

»Ach, wäre ich doch fünfzehn Jahre alt!«, sagte sie. »Ich weiß, dass ich die Welt dort oben und die Menschen, die darauf wohnen und hausen, recht lieben werde.«

Endlich war sie denn fünfzehn Jahre alt.

Die Sonne war eben untergegangen, als sie den Kopf über das Wasser erhob; aber alle Wolken glänzten noch wie Rosen und Gold; und inmitten der bleichroten Luft strahlte der Abendstern so hell und schön; die Luft war mild und frisch und das Meer ruhig. Da lag ein großes Schiff mit drei Masten; nur ein einziges Segel war aufgezogen, denn es regte sich kein Lüftchen; und ringsumher im Tauwerk und auf den Rahen saßen die Matrosen. Da war Musik und Gesang, und als es dunkelte, wurden Hunderte von bunten Laternen angezündet, die sahen aus, als ob aller Nationen Flaggen in der Luft wehten. Die kleine Meerjungfrau schwamm bis zum Kajütenfenster, und jedes Mal, wenn das Wasser sie emporhob, konnte sie durch die spiegelhellen Fensterscheiben hineinblicken, wo viele geputzte Menschen standen. Aber der schönste war doch der junge Prinz mit den großen schwarzen Augen; er war sicher nicht viel über sechzehn Jahre alt; es war sein Geburtstag, und deshalb herrschte all diese Pracht. Die Matrosen tanzten auf dem Verdecke; und als der junge Prinz hinaustrat, stiegen über hundert Raketen in die Luft; die leuchteten wie der helle Tag, sodass die kleine Meerjungfrau sehr erschrak und unter das Wasser tauchte; aber sie streckte bald den Kopf wieder hervor, und da war es, als ob alle Sterne des Himmels zu ihr herunterfielen. Nie hatte sie solche Feuerkünste gesehen! Große Sonnen sprühten umher, prächtige Feuerfische flogen in die blaue Luft, und alles spiegelte sich in der klaren, stillen See.

Marianne Weid

Am Weiher

Anmutig tanzen Sonnenstrahlen,
tauchen glitzernd in die Flut;
hier erholt sich unsre Seele,
Stressgeplagten geht es gut.

Blesshühnchen ziehen langsam
auf dem blanken See die Bahn;
Kinder werfen kleine Steinchen,
ein Angler legt die Rute an.

Ab und zu schnellt aus der Tiefe
hoch empor ein muntrer Fisch,
lässt sich taumelnd wieder fallen,
Schuppen glänzen hell im Licht.

Moose machen weich die Schritte;
kleine Wellen zierlich kraus,
streben aus des Weihers Mitte
uferwärts und ruhen aus.

Abendschein im Wasser spiegelt,
vorbei des Tages schöner Traum;
geheimnisvoll erwacht nun Leben
in Schilf und Rohr, im Pappelsaum.

Leise rauscht es in den Bäumen
sacht bewegt vom Abendhauch;
im Dämmerlicht lässt es sich träumen;
noch wispert es in jedem Strauch.

Der Herbst lässt bunte Blätter fallen
auf des Wasserspiegels Rand;
vom Wind geführt sie langsam gleiten
im Wellengang fernab vom Land.

Wenn der Frost den See versiegelt,
im Raureif Baum und Busch erstarrt,
ist auf dem Weiher heitres Leben;
Schlittschuhlaufen, Schlittenfahrt.

So schließt des Jahres bunter Reigen,
und immer war's am Weiher schön;
auf einmal ist es wieder Frühling,
mit allem gibt's ein Wiedersehn!

Der Teich

Der stille Teich, von dunklem Schilf umflüstert
und alten überwachsnen Stämmen, die seltsam rauschen,
erglüht im sinkenden Abend. Leise flirrt
sein tiefer brauner Kelch im Nachtwind und umspült
der schlanken Gondel goldgezierten Bug,
die schwer mit Tang und trüber Flut gefüllt
auf weichen Ufermoosen schaukelt, wo
der schmale Kiesweg grün umwuchert
in fernes Dunkel taucht. Verschlafen gleiten
im Wellenrieseln weiße Wasserrosen
an dünnen schwankenden Stängeln hin und strahlen
in blassem Feuer groß aus braunen Schatten, die
von breiten Buchenkronen sinken, und
der satte Abendhimmel, überströmt
von Purpurwolken, flimmert durchs Gewirr
der Äste, schwer und brennend wie ein Schacht,
mit funkelnden Juwelen übersät.

Ernst Stadler

MB

August Strindberg

Am Meer

Als der Inspektor nach einem schweren, todesähnlichen Schlaf, eine Folge der Anstrengungen des vorhergehenden Tages und der starken Seeluft, am Morgen erwachte und über die Bettdecke hinweglugte, überraschte ihn zuerst eine rätselhafte Stille, die ihm gestattete, kleine Laute aufzufangen, die er sonst nie zu beachten pflegte. Er hörte selbst die leiseste Bewegung in dem Betttuch, wenn es sich bei seinem Atemzug hob, er hörte das Reiben des Haares gegen den Kissenbezug, den Pulsschlag in der Halsader, des wackelnden Bettes schwache Wiederholung seines Herzschlages. Er hörte die Stille, denn der Wind hatte sich jetzt ganz gelegt, und nur der Schlag der Dünung gegen die in den Aushöhlungen des Strandes zusammengepresste Luft ertönte jede halbe Minute von Neuem. Von dem Bett aus, das gerade vor dem Fenster stand, sah er in der untersten Fensterscheibe etwas Blaues, blauer als die Luft; es bewegte sich leise auf ihn zu, als wolle es durch das Fenster kommen und das Zimmer überschwemmen. Er wusste, dass es das Meer war, aber es kam ihm so klein vor und erhob sich wie eine lotrechte Wand, statt sich auszubreiten wie eine waagerechte Fläche, denn die langen, voll von der Sonne beleuchteten Dünungen riefen keine Schatten hervor, aus denen sich das Auge ein perspektivisches Bild gestalten konnte.

Er stand auf, zog einige Kleidungsstücke an und öffnete das Fenster. Die raue, feuchte Luft in der Kammer fuhr hinaus, und von der See her strömte eine warme Treibhausluft herein, die mehrere Stunden lang von der strahlenden Maisonne erwärmt worden war. Unter dem Fenster erblickte er herabgestürzte zerrissene Steinmassen, in deren Spalten kleine staubige Schneewehen lagen, neben denen weiße Gänseblümchen, gut beschützt von einem Mooslager, blühten, und bescheidene Stiefmütterchen mit des Hungers gelbem und der Kälte blauviolettem Aussehen die armseligen Farben ihres armseligen Landes bei der ersten Lenzsonne hissten. Weiter unten kroch das Heidekraut, und das Moosbeergestrüpp guckte über die Abhänge hinweg, unterhalb welcher eine Schicht weißen Sandes lag, das die See pulverisiert hatte und in die vereinzelte Pflanzen von Dünengras hineingesteckt waren. Dann kam der Tanggürtel wie eine dunkle Schärpe oder ein Rocksaum auf dem weißen Sand, ganz oben fast kohlschwarz von vorjährigem Tang, mit trockenen Tannenzweigen und Fischgräten, und an der Wasserkante schmutzig braun von den letzten frischen Tangpflanzen, die, gekräuselt und knotig, Chenillen an der Garnierung bildeten. Und drinnen auf dem Strandweg lag der Wipfel einer Tanne, ohne Rinde, geschunden, vom Sande abgeschliffen, vom Wasser durchwaschen, vom Winde poliert, von der Sonne gebleicht, dem Brustkasten eines skelettierten Mammuts gleichend. Rings um diese Baumleiche herum ein ganzes osteologisches Museum von ähnlichen Skeletten oder Bruchstücken solcher. Hier lag ein angetriebener Pricken, der Jahre hindurch Wegweiser an der Einfahrt gewesen war und nun mit dem dicken Unterteil aussah wie der Schenkelknochen einer Giraffe mit dem Hüftbecken; hier lag ein ganzer Busch wie der Kadaver einer ertränkten Katze, die weiße, dünne Wurzel als Schwanzknochen von sich gestreckt. Außerhalb des Strandes lagen Riffe und Klippen, den einen Augenblick nass im Sonnenschein glänzend, um im nächsten von den Dünungen ertränkt zu werden, die mit einem Plumps über sie hingingen oder, wenn es ihnen an der erforderlichen Kraft gebrach, zerschellten und einen Wasserfall von Schaum kerzengerade in die Luft hinaufwarfen.

Weiter hinaus lag das Meer blank und still, da kam man auf das große Flach hinaus, wie die Schiffer es nannten, und jetzt in den Morgenstunden streckte sich das Meer aus wie ein blaues Tuch ohne Falten, aber wogend wie eine Flagge. Diese große runde Fläche würde ermüdend gewirkt haben, wenn nicht außerhalb der Sandbank eine rote Boje verankert gelegen hätte, die wie das Siegel auf einem Brief wirkte und die einförmige Fläche belebte.

Dies war das Meer, freilich nichts Neues für Inspektor Borg, der verschiedene Teile der Welt gesehen hatte, aber es war das öde Meer und gleichsam in einem »Untervieraugen« gesehen. Es beängstigte nicht wie der Wald mit seinen dunklen Verstecken, sondern wirkte beruhigend wie ein offnes, großes, blaues, treues Auge. Alles konnte auf einmal übersehen werden, hier war kein Hinterhalt, hier gab es keine Schlupfwinkel. Es schmeichelte dem Beschauer, wenn er diesen Rundkreis um sich sah, wo er stets selbst der Mittelpunkt blieb, welchen Platz er auch einnahm. Die große Wasserfläche war gleichsam eine verkörperte Ausstrahlung vom Beschauer, der, solange er an Land stand, sich dieser ungefährlichen Macht vertraut fühlte, überlegen ihren mächtigen Kraftmitteln gegenüber, die ihn jetzt nicht mehr treffen konnten.

Als er sich der Lebensgefahren erinnerte, die er am vorhergehenden Abend ausgestanden, der Angst, des Zornes, die er durchgemacht hatte im Kampf mit einem brutalen Feind, den zu überlisten ihm doch gelungen war, lachte er edelmütig nach dem Besiegten hinaus, der nur ein blindes Werkzeug im

Dienste des Windes gewesen war und sich jetzt ausruhend im Sonnenschein streckte.

Dies war Österskär, das klassische, weil es seine alte Geschichte hat, seine Blüte- und Verfallperiode; das alte Österskär, das im Mittelalter ein großes Fischerdorf gewesen, bekannt für seine wichtige Strömlingfischerei, und das seine eigenen Gildenabzeichen hatte, die noch aufbewahrt werden.

Der Strömling hat für Oberschweden und Norrland dieselbe Aufgabe gehabt wie der Hering für die Westküste von Schweden und für Norwegen und ist nichts weiter als eine Heringsart, die den kleinen Verhältnissen der Ostsee angepasst und ihr Produkt ist. Begehrt, wenn der Hering knapp und teuer, und Gegenstand weniger lebhafter Nachfrage, wenn der Heringsfang reichlich war, hat er lange die Winternahrung Mittelschwedens gebildet, und zwar in dem Maße, dass man in einem Liede noch das Klagelied der von Königin Christine ins Land gerufenen Franzosen über das ewige Flachbrot und den unendlichen Strömling finden kann. Vor einem Menschenalter lohnten die großen Grundbesitzer ihre Fronbauern mit Heringen, als aber der Heringsfang abnahm, wurde die Naturallieferung Hering in gesalzenen Strömling verändert. Die Preise stiegen, und die Fischerei, die früher nur mäßig zum Hausbedarf betrieben worden war, nahm den heftigen Charakter der Spekulation an. Die Fischgründe bei Österskär wurden allmählich in großem Maßstabe ausgebeutet; die Fische wurden in ihrer Laichzeit beunruhigt, die Maschen der Netze wurden enger und enger, und die natürliche Folge hiervon war, dass die Fischerei schlechter wurde, nicht so sehr, weil der Fisch gefangen wurde, als weil er aus den gewöhnlichen Laichplätzen nach der Tiefe hinaus flüchtete, wo die Fischer noch nicht gedacht hatten, den Fliehenden aufzusuchen.

Lange zerbrachen sich die Gelehrten die Köpfe mit der Untersuchung über die Ursache der Abnahme der Strömlingfischerei, bis die Landwirtschaftliche Hochschule durch Ernennung kundiger Fischereikonsulenten oder Inspektoren die Initiative ergriffen, sowohl die Ursachen zu den veränderten Verhältnissen ausfindig zu machen als auch die Mittel zu finden, wie dem Schaden abzuhelfen sei.

Dies war der Hauptzweck von Inspektor Borgs Sendung nach Österskär, wo er den Sommer über bleiben sollte. Der Platz gehörte nicht zu den lebhaftesten, denn die Schäre liegt nicht an einer der Haupteinfahrten nach Stockholm. Von Süden gehen die großen Schiffe gewöhnlich durch die Landsortschären, vorüber an Dalarö und Vaxholm; von Osten, und mit gewissen Winden auch von Süden, nimmt die Schifffahrt den Kurs durch das Sandhamn-Vaxholmfahrwasser; und von Norrland wie von Finnland aus dringen die Kauffahrteischiffe durch Furusund-Vaxholm ein.

Die Fahrt an Österskär vorbei ist ein Weg, der nur im Notfalle benutzt wird, hauptsächlich von Estländern, die in der Regel aus Südosten kommen, und von andern, die infolge von Wind, Strömung oder Sturm nicht nach Landsort oder Sandhamn hineingelangen können. Das Fischerdorf ist daher nur mit einer Zollstation dritter Klasse unter einem Kontrolleur und mit einer Lotsenabteilung versehen, und beide Institutionen unterstehen Dalarö.

Hier ist das Ende der Welt, stumm, still, verlassen, ausgenommen zur Fischereizeit im Frühling und im Herbst; und kommt im Laufe des Sommers einmal eine vereinzelte Lustjacht da hinaus, so wird sie wie eine Offenbarung aus einer lichteren und froheren Welt begrüßt. Fischereiinspektor Borg aber, der zu anderen Zwecken dahinaus gekommen war, um zu »schnüffeln«, wie die Bevölkerung es nannte, wurde mit einer auffallenden Kälte empfangen, die sich zuerst durch die Gleichgültigkeit am vorhergehenden Abend zu erkennen gab, und sich nun in Form des elenden, eiskalten Kaffees offenbarte, der ihm in sein Zimmer gebracht wurde.

Obwohl im Besitz eines stark entwickelten Geschmacksinns, hatte er sich zugleich durch fortgesetzte Übung die Fähigkeit erworben, unangenehme Gefühle zu unterdrücken. Er goss daher, ohne eine Miene zu verziehen, den unschmackhaften Trunk herunter und ging darauf hinab, um die Umgebung in Augenschein zu nehmen und die Bevölkerung zu begrüßen.

Als er an der Küche des Zollassistenten vorüberkam, wurde es still da drinnen, und die Bewohner schienen sich den Anschein geben zu wollen, als seien sie nicht zu Hause, sie schlossen die Türen und brachen die Unterhaltung ab, um nicht bemerkt zu werden.

Mit dem unangenehmen Eindruck, unwillkommen zu sein, setzte Borg seinen Spaziergang auf die Insel hinaus fort und kam an den Hafen. Hier lag eine Gruppe kleiner Hütten von einfachster Bauart, gleichsam aufgestapelte und zusammengeschrapte Steinbrocken, hier und da mit ein wenig rotem Mauerwerk überkleistert; nur der Schornstein ragte, aus Ziegelsteinen gebaut, über der Brandmauer auf; an einer Ecke war ein Bretterschuppen angebaut, an einer andern nur ein Unterschlupf aus Latten und Reisig, als Koben für die Schweine bestimmt, die während der Fischereizeit zum Mästen hier herausgebracht wurden. Die Fenster waren anscheinend Schiffwracks entnommen und das Dach mit allem Möglichen gedeckt, das Regen aufsaugen oder abwehren konnte: mit Tang, Riedgras, Moos, Grassoden und Erde. Das waren die Herbergen, die jetzt leer standen, die sonst aber ein paar Dutzend Gäste zu behausen pflegten, wenn die große Fischerei begann, zu welcher Zeit jede Hütte eine Winkelschenke war.

Vor der ansehnlichsten dieser Baracken stand der Großbürger der Insel, Fischer Öman, und klopfte ein Flundernetz mit einer Weidengerte aus. Da er in keiner Weise zu den Untergebenen des Fischereiinspektors gerechnet werden konnte, sich aber dennoch durch seine Nähe bedrückt fühlte, setzte er sich in Verteidigungsstellung und bereitete sich vor, scharfe Antworten zu geben.

»Ist der Fang gut?«, begrüßte ihn der Inspektor.

»Noch nicht, aber es wird wohl besser werden, nu, wo die Regierung die Sache mit in die Hand nimmt«, antwortete Öman ziemlich unhöflich.

»Wo liegen die Strömlingsgründe?«, fragte der Inspektor, indem er die Regierung ihrem Schicksal überließ.

»Ja, sehen Sie, wir glaubten ja nu, dass der Herr Inspektor darüber besser Bescheid wüsst' als wir, weil er dafür bezahlt wird, dass er uns das lernt« – meinte Öman.

»Siehst du, ihr wisst bloß, wo die Gründe liegen, aber ich weiß, wo der Strömling steht, und das ist gar nicht so wenig mehr.«

»Ach so«, spottete Öman, »wir solln am Ende auf See gehen, um Fische zu kriegen! – Ja, so is es, der Mensch muss lernen, solange wie er lebt!«

Seine Frau kam jetzt aus der Hütte und begann eine lebhafte Unterhaltung mit dem Mann, sodass der Inspektor es nicht geeignet fand, die Unterhandlungen mit dem feindlichen Fischer wieder aufzunehmen, sondern seine Wanderung nach dem Hafen hinab fortsetzte.

Hier saßen einige Lotsen auf der Brücke und gaben sich das Aussehen, als seien sie von einer sehr eifrigen Unterhaltung in Anspruch genommen; niemand zeigte Lust zu grüßen.

Der Inspektor wollte nicht umkehren, sondern setzte seine Wanderung am Strande entlang fort. Es währte nicht lange, bis der bewohnte Teil der Insel ein Ende nahm, und dann lag nur die kahle Schäre vor ihm da, öde, ohne einen Baum, ohne einen Busch, denn alles, was vom Feuer verzehrt werden konnte, war abgebrannt. Er ging hart unten am Wasser, zuweilen in feinem, weichem Sand, zuweilen auf Steinen, und nachdem er eine Stunde gewandert war, beständig nach rechts zu, befand er sich wieder an der Stelle, von der er ausgegangen war, und nun überkam ihn plötzlich das Gefühl, eingesperrt zu sein. Der Höhenzug der kleinen Insel bedrückte ihn, und der kreisförmige Horizont des Meeres schnürte ihn zusammen. Das alte Gefühl, nicht Platz genug bekommen zu können, überkam ihn, und dann kletterte er die Klippenböschung hinan, bis er den höchsten Punkt erreichte, der wohl an hundert Meter über der Meeresfläche lag. Dort legte er sich auf den Rücken und starrte in den Himmelsraum hinauf. Jetzt, wo das Auge nichts mehr aufzufangen vermochte, weder vom Lande noch vom Meer, sondern nur die blaue Kuppel über sich sah, jetzt fühlte er sich frei, isoliert wie ein kosmisches Bruchstück, im Äther schwebend, nur den Gesetzen der Schwerkraft gehorchend. Es war ihm, als sei er völlig allein auf dem Erdball, als sei die Erde nur ein Wagen, auf dem er die Erdbahn durchfuhr, und er hörte in dem schwachen Sausen des Windes nur den Luftdruck, den die Fahrt des Planeten durch den Äther hervorrufen musste, und in dem Lärm der Wellen nur das Plätschern, in das die Flüssigkeit geraten musste, wenn der große Wasserbehälter sich um seine Achse drehte. Jede Erinnerung an Menschen, an Gesellschaft, Gesetze, Sitten war wie weggeblasen, da er kein körperliches Teilchen der Erde mehr sah, an die er für ewig gebunden war, und dann ließ er seine Gedanken umherschweifen wie losgelassene Kälber, über alle Zäune, alle Rücksichten hinwegsetzend, und hiermit berauschte er sich bis zur Betäubung so wie die Nabelbeschauer Indiens, die Himmel und Erde vergaßen, indem sie auf einen gleichgültigen Teil ihres eigenen Äußern starrten.

Inspektor Borg betete ebenso wenig die Natur an, wie die Inder Nabelanbeter waren, er hegte im Gegenteil, selbstbewusst und als in der tellurischen Schöpfungsentwicklung am höchsten stehend, eine gewisse Geringschätzung für die niedrigeren Daseinsformen, und er verstand sehr wohl, dass die Erzeugungen des selbstbewussten Geistes teils weit sinnreicher waren als die der unbewussten Natur, und namentlich zweckdienlicher für den Menschen, der mit bestimmter Rücksicht auf den Nutzen und die Schönheit, die das Produkt dem Erzeuger leisten kann, erzeugt hatte. Aber von der Natur holte er das Rohmaterial für seine Arbeit, und obwohl man sowohl Licht als auch Luft mit Maschinen hervorbringen konnte, zog er doch die unübertrefflichen Äthervibrationen der Sonne und den unerschöpflichen Säurequell der Atmosphäre vor. Er liebte die Natur als Gehilfin, als Untergebene, als diejenige, die ihm dienen sollte, und es belustigte ihn, diese mächtige Feindin überlisten zu können, sodass sie ihm ihre Kräfte zur Verfügung stellte.

Nachdem er indessen eine Weile gelegen und die Ruhe der vollständigen Einsamkeit, die Freiheit von Einflüssen, von Zwang genossen hatte, erhob er sich und ging nach seinem Zimmer zurück.

MB

Claus Mikosch

Ankunft in Andalusien

Auszug aus: Der kleine Garten am Meer

Eine Woche später stieg Niklas bei Sonnenschein und angenehmen zwanzig Grad in Málaga aus dem Flugzeug. Oben auf der Treppe hielt er einen Moment inne und atmete tief ein. Es lag ein herrlicher Geruch in der Luft, eine Mischung aus Meer, Zitronen und Gelassenheit. Auch ein Blinder hätte in diesem Moment gewusst, dass er im Süden angekommen ist.

Während er zum Terminal ging, fiel sein Blick auf einen großen Schriftzug, hoch oben auf dem Dach: Aeropuerto Pablo Ruiz Picasso. Er dachte an die Namen einiger anderer Flughäfen, auf denen er im Laufe der Jahre gelandet war. In Frankreich gibt es den Aéroport Lyon Saint Exupéry und in Österreich den Salzburg Airport W. A. Mozart. Große Komponisten, Schriftsteller und Maler — und in Deutschland? Ein paar Politiker, sonst nichts. Irgendwie passte es perfekt zu seiner Gefühlslage: In Köln war er von Konrad Adenauer verabschiedet worden und in Málaga begrüßte ihn nun Pablo Picasso.

Der erste Schritt war getan, und er fühlte sich gut an.

Niklas holte sein Gepäck, durchquerte die Ankunftshalle und kaufte sich ein Busticket nach Estepona, einem kleinen Küstenort auf halber Strecke zwischen Málaga und Gibraltar. Die Frau am Schalter druckte das Ticket aus und reichte ihm in aller Ruhe sein Wechselgeld, Münze für Münze unter einer Trennscheibe hindurch. Dann guckte sie ihn mit großen Augen an und sagte mit schroffer, fast schon vorwurfsvoller Stimme: »Schnell, der Bus fährt gleich ab!« Leicht irritiert stopfte er Geld und Ticket in die Hosentasche und rannte mit seinem großen Koffer über den Vorplatz. Als er am Bus ankam, ging genau vor seiner Nase die Tür zu. Er seufzte und ließ die Schultern sacken. Dann öffnete sich die Tür aber plötzlich wieder und ein dicker Spanier mit rundem Kopf und öligen Haaren nickte ihn freundlich herein.

Er verstaute seinen Koffer und setzte sich auf einen hinteren Fensterplatz. Der Bus fuhr los, Niklas machte es sich auf dem durchgesessenen Sitz bequem, schaute nach draußen und begann, die letzten Tage noch einmal Revue passieren zu lassen.

Nach dem anfänglichen Schock der Kündigung war er schnell in der neuen Realität aufgewacht. Zu Beginn war es ihm schwergefallen, die Enttäuschung loszulassen. Die Arbeit bei der Bank war zwar alles andere als ein Traumjob gewesen, aber trotzdem ist es nicht sehr aufbauend, wenn man gesagt bekommt, dass man nicht mehr gebraucht wird. Ob er wollte oder nicht, es kratzte an seinem Selbstbewusstscin und hatte ihm einige schlaflose Nächte bereitet. Auch das Mitleid seiner Freunde hatte nicht wirklich geholfen. Doch dann hatte Niklas immer öfter an den nasskalten Moment auf der Kreuzung denken müssen. Er allein und niemand sonst musste entscheiden, wohin sein Weg ging. Für jemanden, der bei Karrierefragen immer dem Rat von anderen gefolgt war, war das eine komplett neue Erfahrung. Links oder rechts? Angst oder Mut?

Letzten Endes hatte er sich weder gegen die Angst noch für den Mut entschieden. Die Sorge, möglicherweise eine falsche Entscheidung getroffen zu haben, war immer noch da, und besonders mutig war Niklas ja auch noch nie gewesen. Nein, seine Entscheidung hatte mit einer tiefen Unzufriedenheit zu tun, die lange in seinem Inneren herangewachsen war. Er war es einfach satt, immer alles so zu machen, wie es sich >gehörte<. Und größer als die Angst, einen Schritt ins Unbekannte zu machen, war die Angst, irgendwann verbittert dazusitzen, alt und grau, und tief im Herzen die Reue zu spüren, sein ganzes Leben nur geradeaus gelebt zu haben. Schule, Uni, Arbeit und der Tod — das konnte doch nicht alles sein.

Seine Seele schrie nach Veränderung! Und da der Bankjob nun ohnehin futsch war, es mit der Liebe gerade auch nicht rosig aussah und das graue Wetter damit drohte, ihn in eine schwere Depression zu stürzen, war es der perfekte Moment gewesen, um abzuhauen. Seine Eltern hatten versucht, ihn umzustimmen, und auch seine Freunde hatten nur wenig Verständnis gezeigt. Doch dieses Mal war seine innere Stimme stärker gewesen als die Meinung der anderen. Wenn nicht jetzt, wann dann?

Von der Bank hatte er eine Abfindung von dreieinhalb Monatsgehältern bekommen. Er hatte also genug Geld, um einige Zeit an einem anderen Ort leben zu können. Kurzfristig hatte er mit dem Gedanken gespielt, nach Asien zu reisen, da man dort günstig leben kann. Aber Asien fühlte sich zu weit weg an, zu anders und viel zu voll. Niklas sehnte sich nach Ruhe — etwas Gesellschaft war ihm zwar willkommen, aber 1,3 Milliarden Inder? Nein, danke. Aus diesem Grund zog es ihn auch nicht in eine Großstadt, wo viel zu viele Menschen auf viel zu kleinem Raum durcheinanderwirbelten. Das Leben in einer Metropole war außerdem zu teuer für einen Arbeitslosen, und er hatte schon sein ganzes bisheriges Leben im Großstadtdschungel verbracht. Selbst als er während des Studiums ein Jahr im Ausland gewesen war, hatte er mit Barcelona eine weitere Millionenstadt gewählt. Weil

Barcelona gerade ›in‹ gewesen war. Und weil sein Professor es ihm geraten hatte.

Dank der beiden Auslandssemester sprach er allerdings gut Spanisch und hatte bald über Spanien als mögliches Ziel nachgedacht. Ein Freund an der Uni hatte ihm vor einigen Jahren von einem Ort in Andalusien erzählt, mit 300 Sonnenstunden im Jahr, direkt am Meer gelegen und die Küste von Afrika in Sichtweite. Mit Mango-Plantagen auf den Hügeln und Orangenbäumen neben dem Rathaus. So etwas in der Art, das sollte doch fürs Erste reichen.

Der Bus rollte gemächlich über die Autobahn. Niklas lehnte den Kopf an die Fensterscheibe und schloss die Augen. Er hatte sich entschieden, herauszufinden, wohin man kommt, wenn man eine neue Richtung einschlägt und einfach losgeht. Natürlich war er aufgeregt, was ihn erwarten würde, aber gleichzeitig spürte er auch eine seltsame Ruhe tief in seinem Inneren. Als hätte er mit einem Teil von sich Frieden geschlossen. Als hätte seine Seele aufgehört, so laut zu schreien.

Er lächelte. Kurz darauf schlief er ein.

Um vier Uhr nachmittags erreichte das Taxi die Adresse, die Niklas von Pedro bekommen hatte. Über ein Onlineportal hatte er sich ein Zimmer in einer WG gemietet und Pedro war einer seiner neuen Mitbewohner.

Niklas zahlte, sammelte seine Sachen zusammen und schaute dem Taxi hinterher, wie es davonbrauste. Dann drehte er sich um und spazierte durch einen mit Mosaik verzierten Torbogen auf einen Innenhof. In U-Form gab es ungefähr zwanzig Wohnungen, verteilt auf zwei Etagen. Mitten auf dem Hof stand ein Zitronenbaum und neben dem Eingangstor blühten zwei große Lavendelbüsche. Niklas machte sich auf den Weg zur hintersten Parterrewohnung, so, wie Pedro es ihm beschrieben hatte. Dabei zog er seinen überfüllten Koffer über den rauen Steinboden. Das laute Rattern der Rollen weckte schnell die Aufmerksamkeit einiger Anwohner, oder besser gesagt ihren Unmut. Gardinen wurden zur Seite gerissen und hier und da kamen dunkle und ernste Gesichter zum Vorschein. Daheim hatte er noch überlegt, den großen Rucksack mitzunehmen, aber in den Koffer hatte einfach viel mehr reingepasst. Egal, jetzt war es eh zu spät. Er versuchte, den Schaden zu begrenzen, indem er den Koffer so langsam wie möglich bewegte, aber dadurch wurde die Situation auch nicht besser. Im Gegenteil: Mit jedem zweiten Klack der Rollen wurde eine weitere Gardine zur Seite gezogen, immer mehr grimmige Gesichter erschienen. In der ersten Etage knallte jemand demonstrativ ein Fenster zu. Niklas blieb einen Moment stehen, dann packte er sich den Koffer und trug ihn, so schnell er konnte, die restlichen Meter ans Ziel. Von irgendwoher ertönte zynischer Applaus.

Noch bevor er klingeln konnte, wurde die Tür geöffnet, von einem Mann um die vierzig, schlank und für spanische Verhältnisse recht groß.

»Hola, bist du Pedro?«

»Der bin ich. Und du bist bestimmt Niklas.«

»Genau. Den Nachbarn habe ich mich auch schon vorgestellt.«

Pedro grinste und gab ihm die Hand.

»Erste Lektion: Die Siesta ist in Andalusien heilig!«

Er betrachtete den großen Koffer des Neuankömmlings.

»Du scheinst länger bleiben zu wollen.«

»Hatte ich das nicht gesagt?«

»Ich weiß nicht mehr, was du gesagt hattest. Ist aber auch

nicht so wichtig, wir haben auf jeden Fall Platz. Komm erst mal rein.«

Niklas bedankte sich, hievte sein Gepäck in die Wohnung und machte die Tür zu.

»Kaffee?«, fragte Pedro aus der Küche.

»Ja bitte. Schwarz und ohne Zucker.«

Niklas schaute sich um. Das Wohnzimmer war genau so hell und einladend, wie es im Internet ausgesehen hatte. Allerdings hatte auf den Fotos nicht so eine Unordnung geherrscht. Überall lag Zeug herum — Bücher, Kassenzettel, Klamotten, leere Tassen, diverse Kabel, Stifte und Kaugummipackungen. Was Sauberkeit betraf, war Niklas nicht sonderlich pingelig, aber Ordnung war ihm schon wichtig. Na ja, er würde sich schon dran gewöhnen, und es war ja nicht für immer.

»Kommst du aus Estepona?«, wollte er von Pedro wissen, als dieser aus der Küche zurückkehrte.

»Nein, ich bin ursprünglich aus Madrid, lebe aber schon lange hier unten im Süden. In der Wohnung bin ich seit knapp zwei Jahren.«

»Und wer wohnt sonst noch hier?«

»Außer mir momentan nur Khadim, ein Freund aus dem Senegal. Zwei Zimmer sind noch frei — eins kannst du haben und für das andere versuche ich eine Frau zu finden, sonst ersaufen wir hier noch irgendwann im Chaos.«

Immerhin war er sich der Unordnung bewusst, dachte Niklas. Sie setzten sich mit ihrem Kaffee aufs Sofa. Pedro zeigte zum Flur.

»Auf der linken Seite sind die beiden freien Zimmer, du kannst dir aussuchen, welches du haben willst. Das Internet-Passwort hängt an der Pinnwand neben der Tür und die Miete ist immer einen Monat im Voraus zu zahlen. In bar. Ah, und die Waschmaschine steht in der Küche und geht nur auf, wenn du einmal kräftig obendrauf haust.« Er überlegte kurz. »Das war alles. Wenn du sonst noch was wissen willst, einfach fragen.«

Niklas sah ihn erstaunt an. So eine kurze und unkomplizierte Wohnungseinführung hatte er noch nie erlebt.

»Khadim und ich arbeiten tagsüber meistens außer Haus, manchmal, so wie heute, sind wir aber mittags ein paar Stunden hier. Ach und schau, wenn man gerade vom Teufel spricht …«

Ein schwarzer Schatten schlurfte durch das Zimmer. Niklas schätzte ihn auf Mitte zwanzig. Er trug eine graue Jogginghose und ein dunkelblaues Trägerhemd, und sein Oberkörper war so gut durchtrainiert, dass er auch ein afrikanischer Box-Champion hätte sein können.

»Hi«, sagte Khadim im Vorbeigehen und verschwand im Badezimmer.

»Keine Sorge, der redet grundsätzlich nicht viel«, fügte Pedro hinzu.

In einiger Entfernung bellte ein Hund. Die Siesta war offensichtlich zu Ende.

»Was macht ihr eigentlich beruflich?«, erkundigte sich Niklas.

»Auf die Frage habe ich gewartet. Lektion Nummer zwei: Was du für eine Arbeit machst, interessiert die Andalusier eher wenig. Folglich wird auch nicht viel drüber geredet.«

»Aha.«

»Ich installiere Solaranlagen. Khadim hilft mir. Der arme Kerl hat eine heftige Odyssee hinter sich, was Jobs angeht, aber das kann er dir irgendwann selbst erzählen.«

Pedro schaute auf die Uhr.

»Sorry, wir müssen los.«

Er ging zur Tür, nahm einen Schlüssel von einer Holzablage und warf ihn Niklas zu.

»Hier. Falls du ihn mal vergisst, der Marokkaner in dem Kiosk unten an der Ecke hat einen Ersatzschlüssel.«

»Danke.«

»Kein Problem. Fühl dich wie zu Hause!«

Niklas brachte seinen Koffer in das Zimmer mit dem größeren Bett, sprang unter die Dusche und zog sich frische Sachen an. Dann verließ er ebenfalls die Wohnung und machte sich auf, seine neue Heimat zu erkunden.

Er brauchte knapp fünfzehn Minuten zu Fuß bis ins Zentrum. Einst ein winziges Fischerdorf, hatte sich Estepona in den letzten Jahrzehnten dank des blühenden Tourismus an der Costa del Sol in eine kleine Stadt verwandelt — ohne dabei den Charme eines andalusischen Dorfes zu verlieren. Der Ortskern war durchzogen von schmalen Gassen und an den weißen Häuserwänden hingen überall blaue Tontöpfe mit bunten Blumen. Alte Männer saßen auf Holzbänken und plauderten über Fußball, während ihre Frauen sich von Fenster zu Fenster über den neuesten Klatsch unterhielten. Man bekam das Gefühl, dass sich hier jeder kannte, auch wenn es schon lange kein Dorf mehr war.

Eine Weile schlenderte Niklas umher, dann bekam er Durst und betrat einen kleinen Laden, um sich etwas zu trinken zu kaufen. Der Inhaber stand hinter einem Tresen und unterhielt sich angeregt mit einer Frau und einem anderen Mann. Niklas nahm eine Flasche Wasser aus dem Kühlschrank und stellte sich neben die Frau, um zu bezahlen. Und dann geschah etwas Seltsames: Alle drei nahmen Niklas mit einem Kopfnicken zur Kenntnis, bevor sie ganz normal weiterredeten, als wäre er überhaupt nicht da. Er wartete, erst eine Minute, dann zwei, dann drei. Sie sprachen über spanische Politik, immer wieder fielen die Worte corrupción und sin vergüenza. Niklas wartete weiter. Nichts. Irgendwann hatte er genug und räusperte sich vorsichtig.

»Entschuldigung, könnte ich vielleicht bezahlen?«

Der Besitzer gab ihm einen flüchtigen Blick und registrierte die Wasserflasche. »Macht eins-fünfzig«, sagte er, während er dem Gespräch der anderen weiter folgte.

Niklas reichte ihm das Geld und bekam ein freundliches, aber sehr kurzes Lächeln zur Antwort. Dann verabschiedete er sich und ließ die drei mit ihrer Diskussion alleine.

Bald sollte sich herausstellen, dass dies kein außergewöhnliches Ereignis gewesen war. Es hatte auch nichts mit Ignoranz oder Unhöflichkeit zu tun — die Menschen in Südspanien redeten einfach schrecklich gerne und vergaßen dabei schnell die ganze Welt um sich herum.

Es war kurz nach sechs, als Niklas beschloss, endlich dorthin zu gehen, wovon er schon seit Tagen geträumt hatte: ans Meer! Er bog um zwei Ecken, kreuzte eine größere Straße und erreichte die gut besuchte Küstenpromenade. Zu seiner Freude war der Strand fast leer. Sofort entledigte er sich seiner Schuhe und Socken und spazierte mit großen Schritten Richtung Wasser. Keine zehn Meter vom Ufer entfernt blieb er stehen und staunte nicht schlecht: Sein Freund aus dem Studium hatte recht gehabt, die Berge von Nordafrika waren klar zu erkennen. Vom Strand aus auf einen anderen Kontinent zu blicken — es gab nur sehr wenige Orte auf der Welt, die eine so magische Aussicht boten. Er nahm einen tiefen Atemzug und setzte sich im Schneidersitz in den weichen Sand. Eine sanfte Brise wehte über das Meer, sein T-Shirt flatterte leicht und die Sonne wärmte seine Haut. Nicht zu fassen, dass es erst Anfang April war. Was für ein Glück er hatte!

Während sich der Tag langsam dem Ende neigte, saß Niklas einfach nur da und starrte geradeaus. Tausende kleine Wellen tanzten mit dem Wind und ein paar Vögel flogen friedlich am Horizont vorbei. Da war sie, die ersehnte Ruhe! Für einen langen Moment war seine Welt in Harmonie getaucht, es gab keine Sorgen, keine Spur von Anstrengung, keinen Widerstand.

Er ließ sich nach hinten in den Sand fallen, schaute nach oben und begann mit offenen Augen zu träumen. Wolken, die am Himmel vorbeiziehen, das Meer, ein fließender Fluss oder ein schöner Sonnenuntergang — die einfachsten Bilder in der Natur sind besser und spannender als jeder Film! Und trotzdem verbringen wir mehr Zeit damit, auf Bildschirme zu starren, als Sonnenuntergänge anzuschauen. Schon seltsam.

MB

Robert Walser

Sommerfrische

Was tut man in der Sommerfrische? Du mein Gott, was soll man viel tun? Man erfrischt sich. Man steht ziemlich spät auf. Das Zimmer ist sehr sauber. Das Haus, das du bewohnst, verdient nur den Namen Häuschen. Die Dorfstraßen sind weich und grün. Das Gras bedeckt sie wie ein grüner Teppich. Die Leute sind freundlich. Man braucht an nichts zu denken. Gegessen wird ziemlich viel. Gefrühstückt wird in einer lauschigen, sonnendurchstochenen Gartenlaube. Die appetitliche Wirtin trägt das Frühstück auf, du brauchst nur zuzugreifen. Bienen summen um deinen Kopf herum, der ein wahrer Sommerfrischenkopf ist. Schmetterlinge gaukeln von Blume zu Blume, und ein Kätzchen springt durch das Gras. Ein wunderbarer Wohlgeruch duftet dir in die Nase. Hiernach macht man einen Spaziergang an den Rand eines Wäldchens, das Meer ist tiefblau, und muntere braune Segelschiffe fahren auf dem schönen Wasser. Alles ist schön. Es hat alles einen gewinnenden Anstrich. Dann kommt das reichliche Mittagessen, und nach dem Mittagessen wird unter Kastanienbäumen ein Kartenspiel gespielt. Nachmittags wird im Wellenbad gebadet. Die Wellen schlagen dich mit Erfrischung und Erquickung an. Das Meer ist bald sanft, bald stürmisch. Bei Regen und Sturm bietet es einen großartigen Anblick dar. Nun kommen die schönen stillen Abende, wo in den Bauernstuben die Lampen angezündet werden und wo der Mond am Himmel steht. Die Nacht ist ganz schwarz, kaum durch ein Licht unterbrochen. Etwas so Tiefes sieht man nirgends.

So kommt ein Tag nach dem andern, eine Nacht nach der andern, in friedlicher Abwechslung. Sonne, Mond und Sterne erklären dir ihre Liebe und du ihnen ebenfalls. Die Wiese ist deine Freundin und du ihr Freund, du schaust während des Tages öfters hinauf in den Himmel und hinaus in die weite zarte weiche Ferne. Am Abend, zur bestimmten Stunde, ziehen die Rinder und Kühe ins Dorf hinein, und du schaust zu, du Faulenzer. Ja, in der Sommerfrische wird ganz gewaltig gefaulenzt, und eben das ist ja das Schöne.

Benjamin Myers

Offene See

Ich ging durch die Wiesen, die sich zum Meer absenkten, und rostfarbene Pollen hafteten an meinen Hosenbeinen, bildeten ein Muster aus Staubpartikeln, und als ich mit dem Daumen darüberfuhr, hinterließen sie einen Streifen aus Korallenrot, die Farbe einer träge untergehenden Sonne.

Die Häuser, die ich sah, waren robust und solide und aus hellem Goathland-Stein erbaut. Es waren schöne Behausungen, dem Moor abgerungen, verwittert und mit roten Dachziegeln, viele auf ihrem eigenen Stück Land und so ganz anders als die rußgeschwärzten, zusammengedrängten Reihenhäuser in den engen Backsteindörfern daheim.

Es war eine eher landwirtschaftlich als industriell geprägte Gegend — der Erde zugehörig statt von ihr beschmutzt.

Hecken umsäumten mich, und ich kam an Kühen vorbei, deren Euter wie Partyballons herumbaumelten, gelegentlich auch an Pferden, die auf tristen Koppeln angebunden waren und mit großen feuchten Augen den Boden nach mehr als bloß kargen Stoppeln absuchten und deren Rippen hervortraten wie die Rümpfe von gestrandeten Booten. Das trostlose Vermächtnis des Krieges hatte die Tiere nicht verschont, aber solange ihre Herzen noch schlugen, bestand Hoffnung für diese ausgehungerten Geschöpfe.

Auf den Hängen grasten auch verstreute Schafe, und auf einer Weide etwas, das wie das absurde Zerrbild eines Schafs aussah — ein sonderbares Viech, etwa so groß wie ein Pferd, mit einem überlangen Hals und wolligen Beinen, bei dem es sich, wie ich später erfahren sollte, um ein Alpaka handelte.

Es war eine Wohltat, bergab in die sanfte Brise hineinzugehen, die vom Meer heranwehte. Die Luft roch nach der sich verändernden Jahreszeit: Die frische grüne Würze der Wildgräser und Schösslinge und der steigende Saft in den Bäumen erfüllten die gewundenen Straßen mit ihrem Duft. Durch die hohen Hecken fühlte ich mich wie in einem Irrgarten, und an Gabelungen entschied ich spontan, welchen Weg ich nehmen wollte, ließ mich von den weiten Hängen abwärtstragen.

Die akustische Untermalung war das Blöken der im März geborenen Lämmer, die nun schon Schafe waren und bald geschoren würden. Hier war Leben, geschah überall um mich herum und in mir und durch mich hindurch, in dieser neuen Zeit des Wachsens und Werdens, dieser Phase des ungehemmten Entstehens.

Während meiner Wanderung auf diesen Landstraßen war das Meer gleichsam ein Trugbild im Kopf eines jungen Mannes, dessen einzige maritime Erfahrung ein verschlafener Kindheitsmorgen war, an dem er beobachtet hatte, wie das kabbelige graue Wasser gegen die steinernen Piers der Schiffswerften von Sunderland klatschte.

Schon damals hatte mich am Meer nicht das Wasser selbst am stärksten beeindruckt, sondern das, was vom Meer und für das Meer lebte: eine Welt aus Nieten und Funken, aus Feuer und Lärm, große graue Ungetüme wie stählerne Kathedralen, demontiert und zur Seite gekippt, ungeschlachte, halb fertige Kriegsschiffe, deren schiere Dimensionen fast unbegreiflich waren.

Das Flüstern der Wellen war vom Kreischen von Metall auf Metall ebenso übertönt worden wie vom Kreischen der Möwen hoch in der Luft.

Das Wasser selbst war mir nicht in Erinnerung geblieben, nur, dass es sich irgendwo versteckt hatte, kaum sichtbar, hinter den Betonmauern eines Trockendocks und dem Drahtzaun der Werft, der die geschäftige menschliche Kakofonie umschloss.

Mein Vater war an einem seiner seltenen freien Tage mit mir dorthin gefahren: fünfzehn Meilen und zwei lange Stunden im Bus, in dessen Oberdeck bläulicher Zigarettenqualm waberte. Wir hatten mithilfe von dicken Schnüren, die wir mit langen Nägeln beschwert und an die wir fettige Eisbeinstücke aus Metzgerabfall als Köder befestigt hatten, Krebse aus dem trüben Hafenwasser gefischt. Der Benzingestank und die grün schillernden Panzer der Krebse hatten ausgereicht, um uns den Appetit zu verderben, sodass wir den Eimer mit unserem Fang zurück in das ölige Wasser kippten.

Hier jedoch, nur sechzig oder siebzig Meilen weiter südlich, an einer Küste, die ich viele Wochen lang erwandert hatte, lagen die Werften und die koksschwarzen Wasser von Wearmouth weit hinter mir. Das Land strömte jetzt in einem grünen Potpourri aus Feldern und Weiden dahin, durchzogen von staubigen Feldwegen und dicht mit Bäumen bestandenen Waldwiesen. Durch schattige Senken und Gräben rannen winzige, glasklare Wasseradern, plätscherten der salzigen Nordsee entgegen, die glitzerte, als bestünde ihre Oberfläche aus gewaltigen frisch gelaichten Heringsschwärmen.

Die Küste hatte hier einen anderen Zweck als in meiner Heimat mit ihren Trockendocks und Kipploren, wo das

Meer als Fertigungsband für eine Industrie diente, die vom Krieg profitiert hatte, und wo die müden Gezeiten mit der dumpfen Gleichmäßigkeit eines Steinmetzhammers an den schrumpfenden Klippen nagten.

Hier war der Ozean ein Tor, eine Einladung, und ich nahm sie bereitwillig an.

Stefan Zweig

Nacht am Gebirgssee

Leise zieht mein Boot in blassen Wellen,
die den Sternenreigen funkelnd spiegeln,
breite, duftumhüllte Silberquellen
rinnen von den mondbeglänzten Hügeln.
Und der Nebel sinkt in faltenschweren
Lichtgewanden müde um die Bäume,
dunkeltrotzig starren rings die Föhren
wie versteinte, sorgendüstre Träume.
Und von wildzerzackten Felsenwänden
schwebt die Nacht behutsam durch die Stille
und sät Frieden aus mit leisen Händen ...
lautlos zieht die blanke, schwanke Zille.
Lautlos schmiegen sich die weichen, feuchten
Bergseefluten an die helle Planke ...
tiefe Ruh ... Nur fern ein Wetterleuchten
wie ein wach gewordener Gedanke ...

QUELLEN

Auszug aus: Sergio Bambaren: Der träumende Delphin. Übersetzt von Sabine Schwenk.
© 1999 Piper Verlag GmbH, München

Auszüge aus: Hermann Hesse: Lagunenzauber. Aufzeichnungen aus Venedig. Hrsg. von Volker Michels. S. 9-24. S. 31
© 2016 Insel Verlag Berlin

Anne Morrow Lindbergh: Der Strand. Aus: Anne Morrow Lindbergh: Muscheln in meiner Hand. Übersetzt von Peter Stadelmayer und Maria Wolff.
© 1955; 1990 Piper Verlag GmbH, München

Auszug aus: Thomas Mann: Buddenbrooks. Verfall einer Familie. Hrsg. von Peter de Mendelssohn. 10. Teil, Kap. 3
© 2008 S. Fischer Verlag GmbH, Frankfurt am Main

Auszug aus: Claus Mikosch: Der kleine Garten am Meer. Eine Erzählung darüber, was im Leben wirklich zählt. 2. Kapitel.
© 2019 Penguin Verlag, in der Verlagsgruppe Random House GmbH, München

Ernst Penzoldt: Masse Meer. Aus: Ernst Penzoldt: Sommer auf Sylt. Liebeserklärung an eine Insel. In Betrachtungen, Episteln, Erzählungen und Bilderbriefen mit farbigen Zeichnungen des Verfassers. Hrsg. von Volker Michels. S. 16-20
© 1992 Insel Verlag Frankfurt am Main

Nicholas Sparks: Kajaks und vergessene Träume. Aus: Nicholas Sparks: Wie ein einziger Tag.
© 1996 Wilhelm Heyne Verlag, München, in der Verlagsgruppe Random House GmbH
Übersetzung: Bettina Runge

Marianne Weid: Am Weiher.
© bei der Autorin

Auszug aus: Virginia Woolf: Die Wellen. Hrsg. von Klaus Reichert, in der Übersetzung von Maria Bosse-Sporleder.
© 1991 S. Fischer Verlag GmbH, Frankfurt am Main

Wir danken den Autoren und Verlagen für die freundliche Abdruckgenehmigung.